✽把你快要遺忘的「情」獻給你

溫馨，在回望之後

尉天驄・章成崧・尤石川・劉柏宏◎編選・短篇小說

【代序】

推動一場文學的閱讀運動

鄭愁予·白先勇·黃春明·楚 戈·尉天驄

我們覺得應該推動一場文學的閱讀運動，已經有一陣時日了。事情的起因是這樣的：由於軟體革命所帶來的新思維，以及隨著這新思維而來的生活模式，再加上消費文明所帶來的享樂至上的人生態度，一股只求眼前效果，不願深度思考的「反智」風氣漸漸瀰漫開來，於是由於擔心人文精神的失落而憂心於「文學和藝術要走上死亡之路」。但是，我們卻認爲：文學和藝術是不會死亡的，除非人死掉了。

說到「人死掉了」，當然是指人的精神生命，也就是通常所說的「靈魂」。這正是近一個世紀以來有識之士所共同思考的問題。俄國藝術家康丁斯基說過：近代以來，世界瀰漫了濃厚的物質主義氣息，在此一情況的作用下，極端的功利企圖控制著人的作爲，除了權勢和名利，人與世間的一切都隔離了，於是人的生機被閹割了，人的創造力被淹沒了，於是他的生命便淪陷於宿命論的漩渦中，失卻了向上提升、向更大「可能」擴充的能力，於是只好沉迷於膚淺的感官追逐中。

康丁斯基這類的憂心，正是古今中外所有有識之士所共有的。我國古人常用「麻木不仁」這句話來形容某些人的生活態度；一個人如果對於世間的一切缺乏感動的能力，見悲不悲，見喜不喜，見災禍不關心，見欺騙、殺戮不憤慨，這就是麻木，麻木久了，必然在生活中只求滿足個人感官的享受，而不及其他，甚至利用社會的不幸「作秀」，換取個人的利益。既然如此，便既不能有所作爲，也不能有所不爲，這就到了無恥的地步。無恥就是不仁。所以，由麻木至於不仁，下一步必是人的毀滅。

因此，說文學和藝術要走向死亡了，其重點便在於這種危機的呈現。

我們相信人是能化解危機的，我們也認爲「衣食足而知禮義」，有著它的道理存在。其關鍵點在於如何彰顯人的善良純眞的本能。而文學和藝術最大的功能便是「喚醒」和「啓發」。所以我們的物質建設愈發達，我們也愈需要好的文學和藝術的教育來與之配合，而展開文學和藝術方面的閱讀，便是一項最基礎和最重要的工作。

【出版序】

把你快要遺忘的「情」給你

張之傑

廁身出版界，自然關心出版情報。去年（民九十二年）春於某一集會獲悉，日本某出版社善於整理資料，出書量雖少，卻本本精采，他們的標語是「把重要但快要遺忘的東西給你」。

哪些是重要但快要遺忘的東西呢？我不期然地想起學生時代讀過的一些文章，在這文學日趨商業化的年代，那些雋永的文章格外令人懷念。如果把一些經得起考驗的文章蒐集起來，用新穎的手法編輯成冊，非但可作為文學讀本，對於世道人心也有幫助，我把這個想法寫在記事簿上，希望有一天能夠成為事實。

去年秋，因企劃一個書系，拜訪尉天驄教授，我們相識近三十年，是老朋友了。談完正事，開始閒聊，我陡然想起那家日本出版社，就說出文學讀本的想法，尉教授興奮地一拍桌子，大聲地說：「這是我多年想做的事啊！」

談起文學，尉教授的話匣子就打開了，他對台灣的社會感到憂心，他說問題在於人們普遍失去愛心，人性的眞純被物化了，作家不再追求永恆的價值，只求流行和時髦，「這樣的東西有意義嗎？」尉教授發出深沉的喟嘆。

於是尉教授開始編選文學讀本。尉教授抱著淑世、救世的態度看待此事，他編選的文學讀本共三冊，散文、小說、新詩各一冊，主題總離不開家國之情、親情、愛情、友情或人與動物之情。在眾多主題中，尉教授獨沽一個「情」字，正是這三本集子的微言大義所在。

尉教授常說，當人們只知分別你我，不知關懷他人的時候，社會就會變得冷酷無情，對治之道，莫若以文學喚起人們的良知。然而，在文學日趨商業化的大潮下，感人的文學作品難得一見，尉教授的選本就格外不尋常了。

坊間不是沒有文學讀本——散文、小說、新詩都有，但不是雜亂無章，就是迎合流俗，或編選者眼識不足，能夠抱持崇高的理想，統整出一個社會亟需的概念，在實踐上又能一以貫之的可說絕無僅有。尉教授選本無可取代之處在此，其永恆價值在此。

尉教授專攻現代文學，對五四以來的文學發展，台灣學者沒人比他更爲熟稔。他站的位置高，觀照面廣，八十多年來的白話文學佳作盡在其掌中。不過，要從眾多佳作中選出十幾篇以「情」爲主題的散文和小說、幾十篇以「情」爲主題的新詩，即使以尉教授的眼識，也不能不費盡斟酌。對於新詩，更要求平白易讀，對於時下新詩的夢囈語法，尉教授表示不能苟同。

尉教授說，直到現在，他讀起夏丏尊譯的〈少年筆耕〉，或冰心的〈悼王世瑛女士〉，仍會泫然淚下。但對其他人呢？尉教授找不同年齡、不同學歷的人試讀。一位高中國文老師說，他終於有了理想的課外教材；一名學生的母親讀完小說集一夜不能闔眼……尉教授來電說：「可交稿了。」

尉教授收選的作品以三〇年代和四〇年代的居多。上一代作家的白話文或許不如今人純熟，但他們國學根柢深厚，自有一種今人所無法企及的厚重感。此外，當時外患內亂頻仍，社會變動劇烈，作家很難不受國家命運擺佈。這是我們閱讀三〇、四〇年代作品應有的認識。當然，尉教授也沒忘記收選台灣作品和文革後的大陸作品。收選作品中最年輕的作家，就是台灣文學新秀——原住民作家夏曼．藍波安先生。

因爲時代和地域的關係，若干詞彙必須加注。以小說來說：魯迅的小說〈故鄉〉有個「猹」字，賴和的〈一桿「稱仔」〉有個「瞨」字，這些方言如不加注，一般人很難了解。再如沈從文的〈新與舊〉提到一些前清官職，張賢亮〈邢老漢和狗的故事〉提到不少中共術語，也必須加注才能明其究竟。這個工作由筆者代庖，如有任何錯失，由筆者負責，和尉教授無關。詩無達詁，新詩選就不加注了。

佛家唯識學有所謂「異熟」的說法，去年春那次集會播下文學讀本的種子，精研現代文學的尉天驄教授使它瓜熟蒂落。但願尉教授的這三本集子再次成爲種子，在廣大讀者中廣種福田，結出更多善果。我想，這正是尉教授由衷期盼的吧！

【前言】
說小說

尉天驄

「小說」這個名詞在中國古代本來是相對於「正言」、「大話」來使用的。正言、大話指的是統治者或上層社會有關政治、經濟、教育、社會等所宣示的主張和意見，而小說則是民間社會、街頭巷尾、道聽塗說等對世間事物的看法，這看法，也許不見得有其系統和深奧道理，但也多多少少有參考的價值，俗語說：「星星之火可以燎原。」於是那些被稱的「小說」的點點滴滴，便也有了它們存在的意義和價值。因此古書上便把它列入九流十家之一員，說它「雖小道，必有可觀焉」。

這是小說最原始的意義。但是它的存在也有它獨具的特質，那就是它的故事性。而所謂故事性，表明它在敘述中含有活潑的事件、人物、變化、糾葛，可以滿足人的感性需求。爲了達成這點，它的語言可以是多樣的，不僅可以虛構，也可以出之以想像。所以，經由小說，人們便可以在現實的生活之外，建構另外一個世界，讓人感喟，讓人留連，讓人思考，讓人反省。這樣以小說這一形式出現的神話、傳說、寓言、童話、傳奇、故事……等等，便在人們的生活中產生了很大作用。

但是，爲什麼人們都喜歡故事，都需要故事呢？這才是我們應該思考的問題。西方有一位小說家說過：人活在世上，總有些問題不得其解，總會經由自己遇見過的事，或別人家的事去涉想一些道理，這就是去發掘一些生命中的或現象中的奧秘。而且經由這些奧秘去玄想他所生存的世界。也就是說，小說所說的雖然大多是一些瑣瑣碎碎的事件，但是經由這些事件，卻有一些從其中感悟的看法。一件恐怖的事件，有時會讓人體會到人世間的詭異。這位作家還說：當人在世上最感到絕望和無奈時，他所涉想的往往是追問：「世界上到底有沒有報應？」這是比宗教更宗教的思考和探索。於是，一部小說，如果細心去想，便會讓人在其中發現一個新的天地。有了這一發現，生命中便充盈了更多的情趣，也會讓人增加生命意義的追尋，這是人生的擴大，也是境界的提高，一句話：小說是人生的一種追求。

而且在這種追求中，小說本身也因爲它的語言、敘事、以及人物的刻劃等等，成了活生生的一個存在。誰也沒見過三國時代，但是經由《三國演義》小說的作用，那一世界便一直生動地存在於世界上，誰也未必去過梁山泊，在經由《水滸傳》這部小說，那一世界的種種便一直成了一個有血有肉的世界，甚至比我們眞正接觸的世界還要眞實，而且還會左右我們很多的想法。於是像賈寶玉、林黛玉那些人物經由《紅樓夢》這部小說成爲我們的精神偶像，更是不在話下了。

小說豐富了我們的生活，擴大了我們的領域，加多了我們的思想深度，提高我們的想像力，這是誰也否認不了的事實。但是，小說是人做出來的，它也可能有負面的作用，散播荒唐，引誘犯罪，成爲某些人謀取私利的工具。以往梁啓超先生爲文討論「小說與群治的關係」，便一面認識到小說的功能，一面對小說的負面發展，有所憂心。因此我們需要小說教育。這是國民教育和大衆教育中的基礎，也是最重要的一環。

正因爲小說有了這樣的作用和影響，於是隨著近代物質文明的發達，它才像其他事物一樣，一變而爲商品，再變而爲達到某種團體利益的工具。這樣一來，它也漸漸失去它的引導人們向上的純淨力量，而成爲一些低級趣味的痲醉劑。小說寫作是一種藝術的表現，其所以被稱爲藝術者，在於它的彰顯人本性的善良和純淨，以及生命中在善與惡中所作的掙扎和奮鬥，而且由人們感性的原善賦予人們莫大的鼓舞感動。於是在情節中、在語言中都使人有一新的感悟和提昇。但是在消費社會中，在一些居心不良的人士和機構的策動下，小說卻日復一日地陷入於最膚淺的感官刺激、感官享受、感官麻木之中。（當然在這方面，它還落在電視、電影之後）。這樣的層層相因，就必然為整個社會製造了很多紊亂。人的精神不能提昇，便會使之一天天在物慾的追逐中喪失了靈性，當然心靈也就無法產生創造的功能了。這些年來，很多人都憂心國民品質的低落，而說小說文學已經接近死亡了。其實，如果套用一位當代哲人的話而不妨如此說：是人先死亡了，文學才會隨之死亡。

當然，我們這裡所說的「人的死亡」，不是指肉體而言，而是指他的生命失去了靈魂。舊俄小說家托爾斯泰有一部作品叫做《復活》，就是藉著一個貴族的覺悟的故事，旨在喚起人們靈性的重生。法國小說家雨果，有一部作品叫做《孤星淚》也是經由一個囚犯的徹底自新而宣示了人性的重建。這些作品之所以被稱為偉大，並不僅僅是文字、語言的優美，情節的動人，而是讓人領受到一個活得有意義，並在其中感受到溫情與鼓舞的世界。

我們這樣說，並不認為偉大的小說家才能有著這樣的表現。事實上，只要是人，都有追求夢想，懷抱希望，對自己生存的世界有所關懷，有所思索，有所企求。對於他不滿意的處境，他會說：「如果不是這個樣子，而是某種情況就好了！」所以，每個人經由他的想像和經驗，都有建構某種「或然的世界」的可能。這也是一種反省的力量。而不斷的反省，不斷的思考，一個人也就一步一步地培育了創造的能力。所以，面對小說不僅是場賞心悅目、激發心靈的閱讀，同時也是一場思考世事，反省人生、探索生命意義的活動。在這樣的活動中，經由純淨感官生活，人們得到了一場心靈的洗禮，這種洗禮所給予我們的陶冶又會影響我們下一波的活動。於是在相互的作用和循環下，就必然拉高了人們的生活境界。

世界並不只是金錢造成的，它需要愛和關心。因此我們想爲了擺脫人的精神貧困、增強人的活力而重建小說教育。這不能好高騖遠，要先喚起人們的感覺本能，使活活潑潑的生命顯發出來。於是引導人們先從青少年時代先讀一些讓人容易接受的作品，再引導他們讀一些更深刻的作品。讓他感動了，生命的感覺能力被啓動了，一個新鮮的企求自然隨之而來。「芝麻，開門！」是人發展追求的開始。

因此，我們有重建小說世界的必要！

目・錄

目·錄

最後的一課

法·都德作／胡適譯

這一天早晨，我上學去，時間已很遲了，心中很怕先生要罵。況且昨天漢麥先生說過，今天他要考我們的動靜詞文法，我卻一個字都不記得。我想到這裡，格外害怕，心想還是逃學去玩一大吧。你看天氣如此清明溫暖。那邊竹籬上兩個小鳥兒唱得怪好聽。野外田裡，普魯士的兵士正在操演。我看了幾乎把動靜詞的文法都丟在腦後了。幸虧我膽子還小，不敢眞個逃學，趕緊跑去上學。

我走到市政廳前，看見那邊圍了一大群的人，在那裡讀牆上的告示。我心裡暗想，這兩年我們的壞消息，敗仗哪、賠款哪，都在這裡傳來，今天又不知有什麼壞新聞了。我也無心去打聽，一口氣跑到漢麥先生的學堂。

平日學堂剛上課的時候，總有很大的響聲，開抽屜關抽屜的聲音，先生鐵戒尺的聲音，種種響聲，街上也常聽得見。我本意還想趁這一陣亂響的裡面，混了進去。不料今天我走到的時候，裡面靜悄悄地一點聲音都沒有。我朝窗口一瞧，只見同班的學生都坐好了，漢麥先生拿著他那塊鐵戒尺，踱來踱去。我沒法，只好硬著頭皮，推門進去，臉上怪難爲情的。幸虧先生還沒有說什麼，他瞧見我，但說孩子快坐好，我們已要開講，不等你了。

我一跳跳上了我的座位，心還是拍拍的跳，坐定了，定睛一看，才看出先生今天穿了一件很好看的暗綠袍子，挺硬的襯衫，小小的絲帽。這種衣服，除了行禮給獎的日子。他從不輕易穿起的。更可怪的，今天這全學堂都是肅靜無譁的。最可怪的，後邊那幾排空椅子上，也坐滿了人，這邊是前任縣官和郵政局長，那邊是赫叟那老頭子，還有幾位我卻不認得了。這些人爲什麼來呢？赫叟那老頭子，帶了一本初級文法書攤在膝頭上，他那副闊邊眼鏡也放在書上，兩眼睜睜的望著先生。

我看這些人臉上都很愁的，心中正在驚疑。只見先生上了座位，端端敬敬的開口道：「我的孩子們，這是我最末的一課書了。昨天柏林（普魯士京城）有令下來說，阿色司和娜戀兩省❶，現在已經劃歸普國，從此以後，這兩省的學堂只可教授德國文字，不許再教法文了。你們的德文先生明天就到，今天是你們最末了一天的法文功課了。」

我聽了先生這幾句話，就像受了雷打一般。我這才明白，剛才市政廳牆上的告示，原來是這麼一回事。這就是我最末了一天的法文功課了，我的法文才該打呢，我還學作法文呢，我難道就不能再學法文了？唉！我這兩年爲什麼不肯好好的讀書？爲什麼卻去捉鴿子打木球呢？我從前最討厭的法文書歷史書，今天都變了我的好朋友了。還有那漢麥先生也要走了，我眞有點捨不得他。他從前那副鐵板板的面孔，厚沉沉的戒尺，我都忘記了，只是可憐他。原來他因爲這是末了一天的功課，才穿上那身禮服。原來後面空椅子上那些人，也是捨不得他的。我想他們心中也在懊悔從前不曾好好學些法文，不曾多讀些法文的書，咳，可憐得很！……

我正在癡想，忽聽先生叫我的名字，問我動靜詞的變法。我站起來，第一個字就回錯了。我那時眞羞愧無地，兩手撐住桌子，低了頭不敢抬起來。只聽得先生說：「孩子，我也不怪你。你自己總夠受了。天天你們自己騙自己說，這算什麼？讀書的時候多著呢！明天再用功還怕來不及嗎？你們自己想想看，你總算是一個法國人，連法國的語言文字都不知道。」……

先生說到這裡，索性演說起來了。他說我們法國的文字怎麼好，說是天下最美最明白最合理論的文字。他說我們應該保存法文，千萬不要忘記了，他說：「現在我們總算是為人奴隸了。如果我們不忘我們祖國的語言文字，我們還有翻身的日子。」……

先生說完了，翻開書，講今天的文法課。說也奇怪，我今天忽變聰明了。先生講的，我句句都懂得。先生也用心細講，就像他恨不得把一生的學問今天都傳給我們。法文講完了，接著就是習字。今天習字的本子也換了，先生自己寫的好字，寫著「法蘭西」、「阿色司」、「法蘭西」、「阿色司」四個大字，放在桌上，就像一面小小的國旗。

同班的人個個都用心寫字，一點聲息都沒有，但聽得筆尖在紙上颼颼的響。我一面寫字，一面偷偷的抬頭瞧瞧先生。只見他端坐在上面，動也不動。兩眼瞧瞧屋子這邊，又瞧瞧那邊。我心中怪難過。暗想先生在此住了四十年了，他的園子就在學堂門外，這些枱子凳子都是四十年的舊物。他手裡種的胡桃樹也長大了，窗子上的朱藤也爬上屋頂了。如今他這一把年紀，明天就要離去此地了。我彷彿聽見樓上有人走動，想是先生的老妹子在那邊收拾箱籠。我心中真替他難受，先生卻能硬著心腸，把一天功課一一做去，寫完了字，又教了一課歷史。歷史完了，便是那班幼稚生的拼音。坐在後面的赫叟那老頭兒，戴上了眼鏡，也跟著他們拼那 ba、be、bi、bo、bu（巴、卑、比、波、布），我聽他的聲音都哽咽住了，很像哭聲。我聽了又好笑，又要替他哭，這一回事，這末了一天的功課，我一輩子也不會忘記的。

忽然禮拜堂的鐘敲了十二響，遠遠地聽得喇叭聲，普魯士的兵操演回來，踏踏踏踏的走過我們的學堂。漢麥先生立起身來，面色都變了，開口道：「我的朋友們，我……我……」先生的喉嚨哽住了，不能再說下去。他走下座，取了一條粉筆，在黑板上用力寫了五個大字：「法蘭西萬歲」，他回過頭來，擺一擺手，好像說，散學了，你們去吧。

❶今譯亞爾薩斯、洛林。

故事的背後

〈最後的一課〉
作者都德畫像。

都德（Alphonse, Daudet 1840~1897），法國寫實派小說家。他的著作譯成中文的，有《達拉士孔的狒狒》《小物件》等。譯者胡適（一八九一～一九六二），字適之，安徽績溪人。美國哥倫比亞大學哲學博士。民國六年歸國，歷任國立北京大學教授，中國公學校長，中華文化教育基金委員會董事等職。重要的著譯有《中國哲學史大綱》上卷，《白話文學史》，《胡適文存》三集，《嘗試集》，《短篇小說》二集等書。

本文採自胡適譯的短篇小說第一集。譯者在自序上說：「當西曆千八百七十年，法國與普魯士國開釁，法人大敗，普軍盡據法之東境；明年，進圍法京巴黎，破之。和議成，法人認賠款五千兆佛郎，約合華銀二千兆元，蓋五倍於吾國庚子賠款云。賠款之外，復割阿色司娜戀兩省之地，以與普國。此篇託為阿色司省一小學生之語氣，寫割地之慘，以激揚法人愛國之心。」

少年筆耕

義·亞米契斯作／夏丏尊譯

敘利亞是小學五年生，年十二，是個黑髮白皮膚的小孩。他父親在鐵路局作雇員，在敘利亞以下，還有著許多兒女，一家營著清苦的生計，還是拮据不堪。父親不以兒女為累贅，一味愛著他們，對於敘利亞百事依從，唯有對於他的校課，卻毫不放鬆地督促他用功。這因為想他快些畢業，得著較好的位置，來幫助一家生計的緣故。

父親年紀已大了，並且因為一向辛苦，面容更老。一家生計，全負在他肩上，他於日間鐵路工作以外，又從別處接了書件來抄寫，每夜執筆伏案到很遲了才睡。近來，某雜誌社託他寫封寄雜誌給定戶的封條，用了大大的正楷字寫，每五百條寫費六角。這工作好像很辛苦，老人每於食桌上向自己家裡的人叫苦：

「我眼睛似乎壞起來了。那個夜工，要把我的壽命縮短呢！」

有一天，敘利亞向他父親說：「父親！我來替你寫吧。我也能寫得和你一樣地好呢。」

但是，父親終不許可：「不要，你應該用你的功。功課，在你是大事，就是一小時，我也不願奪了你的時間的。你雖有這樣的好意，但我絕不願累你；以後不要再說這話了。」

敘利亞素知道父親的性情，也不強請，祇獨自在心裡想法。一天晚上，敘利亞等父親去睡了以後，起來悄悄地著好衣裳，躡著腳步走進父親寫字的房子裡，把洋燈點著。案上擺著空白條紙和雜誌定戶的名冊，敘利亞就執了筆，仿著父親的筆跡寫起來，心裡既歡喜又有些恐怕。寫了一會，條子漸漸積多，放了筆，把手搓一搓，提起精神再寫。一面動著筆微笑，一面又側了耳聽著動靜，怕被父親起來看見。寫到一百十六張，算起來值兩角錢了，方才停止，把筆放在原處，息了燈，躡手躡腳的回到床上去睡。

第二天午餐時，父親很是高興，拍著敘利亞的肩說：

「喂！敘利亞！你父親還著實未老哩！昨晚三小時裡面，工作要比平常多三分之一。我的手還很自由，眼睛也還沒有花。」

敘利亞雖不說甚麼，心裡卻快活。他想：「父親不知道我在替他寫，卻自己以為還未老呢。好！以後就這樣做去吧。」

那夜到了十二時，敘利亞仍起來工作。這樣經過了好幾天，父親依然不曾知道。祇有一次，父親在食晚餐時說：「眞是奇怪！近來燈油突然多費了。」敘利亞聽了暗笑，幸而父親不更說別的。此後他就每夜起來抄寫。

敘利亞因爲每夜起來，不覺漸漸睡眠不足，朝起覺著疲勞，晚間複習要打瞌睡。有一夜，敘利亞伏在案上睡熟了，那是他生後第一次的打盹。

「喂！用心！用心做你的功課。」父親拍手叫說。敘利亞張開了眼，再去用功複習。可是第二夜，第三夜，又同樣打盹，愈弄愈不好，總是伏在書上睡熟，或早晨晏起，複習功課的時候，總是帶著倦容，好像對於功課很厭倦了似的。父親見這情形，屢次注意他，結果至於動氣，雖然他是一向不責罵小孩的。有一天早晨，父親對他說：

「敘利亞！你眞對不起我！你和從前，不是變了樣子了嗎？當心！一家的希望都在你身上呢，你知道嗎？」

敘利亞出世以來，第一次受著叱罵，很是難受，心裡想：「是的，那樣的事是不能長久做下去的，非停止不可。」

可是，這天晚餐的時候，父親很高與地說：「大家聽啊！這月比前月多賺六元四角錢呢。」又從食桌抽屜裡取出一袋果子來，說是買來慶祝一家的。小孩們都拍手歡樂，敘利亞也因此把心重新振作起來，元氣也恢復許多，心裡自語道：「咿呀！還是再接續做吧。日間多用點功，夜間依舊工作吧。」父親又接著說：「六四角哩！這雖很好，祇有這孩子——」說著，指了敘利亞：「我實在覺得可厭！」敘利亞默然受著責備，忍住了要迸出來的眼淚，但心裡卻覺得歡喜。

這樣過了兩個月。父親仍是叱罵他，對他的臉色，更漸漸可怕起來。有一天，父親到學校去訪先生，和先生商量敘利亞的事。先生說：「是的，成績好是還好，因爲他資質原是聰明的。但是不及以前的熱心了，每日總是打著呵欠，似乎要睡去，心不能集注在功課上。叫他作文，他只是短短地寫了點就算，字體也草率了，他原是可以更好的。」

那夜，父親喚敘利亞到他旁邊，用了比平常更嚴厲的態度對敘利亞說：

「敘利亞！你知道我爲了養活一家，怎樣地勞力著？你不知道嗎？我爲了你們是在把命拚著呢！你竟甚麼都不想想，也不管你父母兄弟怎樣！」

「啊！並不！請不要這樣說！父親！」敘利亞嚥淚叫著說，正要想把經過一切聲明，父親又來攔住了他的話頭：

「你應該知道家裡的境況。一家人要是刻苦努力，才可支持得住，這是你應該早已知道的。我不是那樣努力地做著加倍的工作嗎？本月我原以爲可以從鐵路局得到二十元的獎金的，已預先派入用途，不料到了今天，才知道那筆錢是無望的了。」

敘利亞聽了，把口頭要說的話重新抑住，自己心裡反覆著說：

「咿呀，不要說，還是始終隱瞞了仍替父親幫忙吧。對父親不起的地方，從別一方來補報吧。校課原是非用功使它及格不可的，但最要緊的，就是要幫助父親養活一家，略微減去父親的疲勞。是的，是的。」

又過了兩個月。敘利亞仍繼續著夜工作，父親依然見了他動怒。敘利亞見這光景，心痛得了不得。他自己也知道非停止夜工作不可，每夜就睡的時候，常自己對自己說：「從今夜起，眞是不再夜半起來了。」可是，一到了十二點鐘，以前的決心，不覺忽然寬懶，好像睡著不起，就是避免自己的義務，把家裡的錢偷用了兩角的樣子。於是熬不住了，仍舊起來。

有一天，晚餐的時候，母親覺得敘利亞的臉色比平常更不好了，說：

「敘利亞！你不是不舒服嗎？」說著，又向著丈夫：

「敘利亞不知怎麼了，你看看他臉色的青——敘利亞！你怎麼了嗎？」說時現著很憂愁的樣子。

父親把眼向敘利亞一瞥，「即使有病，也是自作自受，以前用功的時候，並不如此的。」

「但是，你！這不是因爲他有病的緣故嗎？」母親說了，父親就這樣說：

「我早已不管他了！」

敘利亞聽了心如刀割。父親竟不管他了！那個他偶一咳嗽就憂慮得了不得的父親！父親確實已不愛他了，眼中沒有他的人了！「啊！父親！我沒有你的愛，是不能生活的！——無論如何，請你不要如此說，我一一說了出來吧，不再欺瞞你了。祇要你再愛我，無論怎樣，我一定像從前一樣地用功。啊！這次眞決心了。」

敘利亞的決心仍是徒然。那夜因了習慣的力又自己起來，進去點著了燈，見到桌上的空白紙條，覺得從此不寫，有些難過，就情不自禁地執了筆又開始寫了。忽然手動時，把一冊書碰落到地，嚇得敘利亞震慄不安。他側著耳朵，抑了呼吸靜聽，覺並無甚麼響聲，一家都睡得靜靜的，這才放了心，重新工作。

其實，這時父親早已站在他的背後了。他那白髮的頭，就俯在敘利亞小黑頭的上面，看著那鋼筆頭的運動，把從前一切的事都恍然了，胸中充滿了無限的懊悔和慈愛，祇是釘住樣地立在那裡不動。

敘利亞忽然覺得有人用了震抖著的兩腕抱他的頭，不覺突然「呀」地叫了起來。即聽出了他父親的啜泣聲，叫著說：

「父親！原恕我！原恕我！」

父親嚥了淚，吻著他兒子的臉：

「倒是你要原恕我！明白了！一切都明白了！我眞對不起你了！快來！」說著，抱了他兒子到母親床前，將他兒子交到母親腕上：

「快吻這愛子！可憐！他四個月來竟睡也不睡爲一家人勞動！我還祇管那樣地責罵他！」

母親抱住了愛子，幾乎說不出話來：

「寶寶，快去睡！」又向著父親：「請你陪了他去！」

父親從母親懷裡抱起敍利亞，領他到他的臥室裡，把他睡倒了，替他整好枕頭，蓋上棉被。

敍利亞說了好幾次：

「父親，謝謝你！你快去睡！我已經很好了。請快去睡吧！」

父親仍伏在床旁，等他兒子睡熟，攜了兒子的手說：

「睡熟！睡熟！寶寶！」

敍利亞因爲疲勞已極，就睡去了。幾月以來，至今才得安眠，夢魂爲之一快。醒來朝日已高，忽然發現床沿旁近自己胸部的地方，橫著父親白髮的頭。原來父親那夜就是這樣過的，他將額貼近了兒子的胸，還是在那裡熟睡哩。

故事的背後

〈少年筆耕〉
作者亞米契斯畫像。

亞米契斯（Edmondo de Amicis, 1846~1903），義大利近代作家。他在世之日，正是義大利近代統一建國的時代，故作品多以鼓勵人心，培育國民品質為重心，他的《愛的教育》，經夏丏尊、施瑛譯成中文後，對中國發生很大的影響。

《愛的教育》寫的是一個義大利小學生的日記，記載他們的學習生活。書中每月都有故事一篇，篇篇都充滿了愛的真情，讓人感動不已。在這些故事中，最為膾炙人口的就是〈少年筆耕〉，幾十年前曾收入小學國語課本，題目改為〈一切都明白了〉。

夏丏尊（一八八六～一九四六），我國近代著名作家，終身把文學與教育結合。著有《平屋雜文》《文心》等書。施瑛，當代作家，其他不詳。所選〈少年筆耕〉為夏丏尊所譯。

笑

保加利亞・奈米洛夫作／巴金譯

他坐在石頭上，肘拐放在膝上，手托住頭，他不出聲，也不動一下。他旁邊有一座墳，墳上立了一個鐵的十字架，在他的四周，在已經變黃了的草叢中靜睡著別的一些大大小小的十字架。它們從那些亂草和自生自長的野花、樹木中間露了出來。陰暗的天空中高高地飛著一行白鶴，一群麻雀在大理石十字架上邊那棵大梅樹上噪叫，遠遠地從什麼地方隱約傳來羊群的鳴聲。

他始終是靜靜不動地坐在石頭上。看得見他那隻托住頭的生毛的粗筋的手、他的一部分的前額和他那對濃黑的眉毛。

在這些睡著的墳墓中間是一片寂靜。

在這匹岩石的小山的中心有一個不乾淨的，多泥的小鎮，每年秋天剛開頭就有一個馬戲班到這鎮上來表演。班子裡有一個丑角常常用他的笑引起了觀眾們大笑。那個班子一來，就便全鎮都顯得有生氣了。現在還有些鎮上人記得不多幾年以前有一次這一個馬戲班（丑角也是同樣的一個），在這鎮上死掉了一個女演員，他們就把她葬在這兒。不過像這樣的事情也是尋常的，所以沒有人談論它。人們常常談論的倒只是那個丑角，他很有本領叫觀眾們開心大笑，常常把眼淚都笑出來了。

這地方也有一個公墓，在這公墓的南端，便是那座豎著的高高的鐵十字架的墳。雜草長得很密。而且差不多跟鐵柵欄的尖端相齊了，鐵十字架的上端從亂草中間露了出來，在那上面還現著半揩過的幾個舊字：伊釆林娜。

由這名字人馬上就知道這墳裡面睡著一個叫做伊釆林娜的女人，可是這個伊釆林娜好像沒有親人在這地方，因此她的墳上總是長滿了雜草和荊棘。不過每一年這座墳要換一次裝。在秋天的開頭便有一個頭髮灰白的人到這兒來，他戴一頂灰白的軟帽，走過柵欄到公墓裡來，仔細地把亂草和荊棘拔得乾乾淨淨。那時土堆就變成新鮮、鬆動的了，墳也就成了新的了，好像裡面睡的另是一個新的人似的。過後這個人就立在墳前，呆呆地望著死者的名字。他很高，褐色的皮膚，人瘦得厲害。他的唇髭和鬍鬚都剃得精光，他的臉上有不少皺紋，他的下顎稍稍向前突出，因此，他看起來更像一個老太婆。但是從他那對奕奕有神的黑眼睛，和他那根漂亮的筆直的鼻子看來，人可以猜到他年輕時候還是一個美男子呢。

他帶著不安的樣子，好像固定在地上的石像似地，他望著那個名字；他臉上現出注意集中的神情，一雙眼睛看起來深沉而昏暗（昏暗中含著悲戚的味道）。

他的眼睛越過了七年的長歲月，又看見那個玫瑰色的圓臉，那一頭假髮般的銀灰色捲髮，那一對長睫毛蓋住的安靜的藍眼睛，那個露出兩排略爲稀疏的白牙齒的微笑。過後他又看見她穿著貼身的藍毛線衫，騎在那匹黑馬若里的背上，他還聽見她的孩子般的清脆的聲音：——「阿列衣，何卜里亞，何卜里亞，何卜里亞！……」像一陣風似的，若里載著伊采林娜在場子裡飛跑，若里喘著氣，她那驕傲的聲音「阿列衣，阿列衣」不停地叫著，跟著這聲音，鞭子飛似地打下來……他站在馬房裡，從紅色幕布的縫隙望著她；他看得害怕起來，心都緊了，神經緊張，頭發痛……最後若里不跑了，伊采林娜對觀眾送著飛吻，讓牠載著她走開。

他就這樣被引到那美麗而恐怖的過去的歲月中了。他坐在石頭上，肘拐放在膝上，手托住頭，他回想起伊采林娜來。

爲什麼伊采林娜不能夠愛那個活潑漂亮的男子呢？這只有上帝知道。可是從她進班子的那天起，四年來他一心一意等待著她的恩惠，起初一個時候他甚至做著好夢沒有醒過來。顯然他當時因爲每天都看見她在自己身邊，就非常滿意，所以他能夠更有耐性地等待著她，來愛她。然而不管他是怎樣想法，伊采林娜卻並沒有對他微笑過。她愛著她自己的美麗和新鮮，她很喜歡看到別人對她獻殷勤，她喜歡在她那馬背上消磨時光，眞像一個無憂無慮的小女孩。只有那個玩球的西班牙人因了他那遇事淡漠的態度打動了她，不過她對他表示了更多的注意，也只是爲著滿足她的野心的緣故。

伊采林娜就這樣地過著日子。她並不看重那個丑角的痛苦，他的異常的體貼周到也不曾引起她的注意。班子裡各種民族都有，就只有他們兩個是挪威人，甚至這個事實也沒有打動她的心。然而一個晚上他畢竟對她說了。這時他在馬房裡。他照著演丑角的舊法在臉上塗了粉，等著輪值上場。人們在場子裡表演，她坐在椅子上。穿著她那件藍毛線衫，把她那小孩般的眼光向各處隨意閒看。

他突然站到她的面前，就是他那張擦了粉的臉，頭上還戴著一頂滑稽可笑的小帽，他激動地講起話來。他講起他遭受的苦難，講起他十年流浪中所感到的寂寞，講起他那無窮無盡的受苦。講起他的愛。在他的心靈中燃亮起熱烈的慾望，事實上在每個戀愛而受苦的人的心中都會有這種慾望在沸騰著的。

然而她毫不關心地聽他講著，她的臉上突然現出喜色，她放聲笑起來。

「你說，你說，」她小孩般地笑著嚷道。

「這是有趣的事嗎？」他帶著痛苦問她。

「你是太有趣了……你去看你的臉，它多可笑。」

他並不動怒，卻只把手在臉前搖晃了兩下，便走進場子裡去了，他一進場，觀眾就用一種快樂的笑聲來歡迎他。

他們仍舊一個城一個鎮地流浪下去，過著那種艱苦的日子。他不斷地對她吐露他的愛情，可是伊釆林娜永遠是那樣地固執，一點也不肯愛他。

然而有一天晚上那個他早就預感到的奇事發生了。那匹過於活潑的馬若里載著伊釆林娜在場子裡飛跑的時候，好像由於野性勃發，竟然用全力跑了起來。這丑角本來就一直從幕縫裡看著她的表演，這時發覺伊釆林娜在馬背上搖晃不定了。他從馬房裡跑出來，可是他來遲了一步，若里已經把那個美麗的騎師拋在地上了。

丑角連忙用雙手捧起她，像抱小孩似地把她抱著，可是她已經半死了，她的頭仰垂下去，一只手腕上全是血。他把她從一個角落抱到另一個角落，他跑著，他給恐怖抓住了，大聲說了些人聽不明白的話，他又向兩旁抖動他一隻手。

第二天夜裡在醫院中她睜開了眼睛。他站著，俯下頭去看她。

他望著她蠟一樣白的臉，這張臉上現出臨死前的顫動，他又看她那個痛苦地急促地起伏著的胸膛，他聽見了短促的呼吸，這聲音在警告他：不久就要斷氣了……

伊采林娜要死了……她的眼睛裡充滿著恐怖的痛苦，眼睛四周各圍了一個藍圈，這一對眼睛在暗淡下去，變成奇怪的，玻璃般的了，前額上起了些皺紋，嘴裡吐出些聽不見的低語。

他便跪在床前，也低聲說了些人不能懂的話。看他的臉上表情，他好像在祈禱著什麼。他知道，伊采林娜就要死了，他知道地上的一切東西都要跟她一塊兒死去了。

她微微動了一下，把眼光定在他臉上。她的臉上亮起一個微弱無力的微笑，她的嘴唇輕輕地說著：

「你還在愛我……」

他起了輕微的顫慄。她用力伸出手給他，他立刻用兩手把它捏住，然後印上他的嘴唇去。

他求她給他說句他整整四年中渴想聽的話。那時她便對他說，現在，她睡在死床上，沒有一個人願意花費時間來理她，她看見她自己的痛苦反映在他的心靈裡，在他的眼睛裡充滿著無窮盡的悲戚，這時候她覺得她自己的心中只有他的愛情。

就在這個時候他臉上悲戚的表情消失了，在那上面現出了驕傲來，前額也突然發光而開展了，嘴唇顫抖著。眉毛上面現出偉大思想的皺紋來。

他撫摸著伊采林娜的蠟樣的小手，吻著它，覺得自己有著絕大的財富了。在他看來，她現在不再會死了，因爲死不能夠征服愛；她不會死了，因爲上帝知道，他是多麼地愛她，不會讓他損害他的幸福的。

他看見她的痛苦也鎮靜下來了。她眼前罩著一層臨死前的苦痛的面紗，她的眼光透過這個望著他，撫慰著他那受了多年委屈的靈魂。

「伊采林娜，伊采林娜，」他低聲說。「伊采林娜，我們是流浪人。我們從這個城走到那個鎮，遠離了我們的故鄉。我們到處流浪，讓人家開心，教人家驚奇，爲著使得自己不會餓死，苦死。我們到什麼地方都是陌生的客人；人們的愛不會到我們的身上，因此我們在這世界上沒有一個親人，連一個也沒有。這就是我多麼需要你的原因，我親愛的伊采林娜。」

在天亮的時候她斷了氣。他立在屍首的旁邊。他的眼睛透過思想的雲霧望著她，它們從低垂的雙眉下面銳利地發著光。並沒有憂愁壓著他的心，也沒有淚水從他的靈魂中湧出，只有那熱烈的愛的火焰在使他的胸膛燃燒，那是比永恆更長久，並且好像比上帝更有力量的愛。他這個不幸的可怕處就在這裡了。

伊釆林娜睡在死床上，像雪一樣白，也不再動一下；可是不管她已停止了呼吸，他的嘴唇仍然在對她小聲講話。

他對她說，生活對於他不再有意義了，然而他還想活下去，爲的是他可以想念她。他又要一個城一個鎭地去流浪，他要去做他做了多年的同樣的表演，維持他的生活，只爲著他可以想念她。他不想死，因爲墳墓裡很黑暗，那裡沒有伊釆林娜。

人們埋葬了伊釆林娜。那一天若里叫得很可怕，牠搖動著牠那漂亮的頭，在地上跺著牠那有力的蹄子。挖起牠四周的土。牠的叫聲一直傳到遠處——這聲音也是那麼可怕，那麼令人感動。

那班子又一個城一個鎭地走去了；沒有變化的平常日子依著次序地過去。那些賣藝人照常地彎曲他們的身體，盪秋韆，那個年輕的義大利人表演他的雙倍的「死跳」；那個西班牙人還是從前那樣地帶著遇事淡漠的神情，他照常擲他的球，兩個男騎師照常在場子裡飛跑——就好像從來沒有發生過什麼事情似的。

至於他，這丑角呢，他的演技大大的進步了。他用自己的笑引起觀眾大笑，他的方法也加倍地巧妙了。可是在他的雙眉中間現出了兩道深的皺紋，他的前額也顯得陰沉多了。兩眼常常帶著嚴厲深透的眼光固定在一個地方。那樣子倒像它們在想一樁跟他的生活路上的東西完全不同的事情。他沉默著，只有在他走進場子站到觀眾面前的時候，他才張開嘴唇。

他每晚照常做著這樣的表演，他在臉上擦了粉，把他的鼻子塗成紅色，又在前額上畫了一個十字架，拖下兩根紅線到嘴角來，使他的嘴顯得更大而且帶著笑，然後他穿上有著很大的鈕子的白衣服，戴上長長的滑稽可笑的便帽，他便到觀眾面前去了。

他忍住笑開始講他有一天去理髮店，怎樣錯進了女澡堂的故事：

「國王請我吃中飯……」可是笑脹滿了他的胸膛。他突然拚命大笑起來，過後他努力使自己安靜，但是他剛一開口，笑又來了。他便痛痛快快地大笑一陣。他笑得厲害，身子搖搖晃晃，他用力按著自己的肚子，然而這笑是不可制服的，它有力地從他的胸膛冒出來。觀眾中間開始發出快樂的鬧聲，不久整個戲場就響遍了雷似的大笑聲。幾百個觀眾的臉都脹紅了，並且皺摺起來，每個人的嘴都大大地張開，眼睛裡都充滿了淚水，頭的晃動，手的揮舞，再加上歇斯底里的尖叫聲擾亂了平常的秩序，整個戲場都驚擾地激動起來了。

於是他要求他們允許他退場，讓他第二天晚上再來續講那個故事，因爲他希望更安靜一點。

他在觀眾們叫囂喝采聲中退出場子回到馬房裡去，跌坐在椅子上休息。過後他洗淨了臉去睡覺了。

街上沒有一個人猜得出這個垂著頭兇惡地皺著眉頭的人，就是那個用自己的笑抓住了幾百人的心使他們沉醉的丑角魔術家。

這丑角搭過了幾個班子，每一個他總要設法讓他搭的那個班子到這個鎮上來，說是在這兒更可以賺到更多的錢。那些賣藝人不知道他為什麼一定要勸他們到這兒來，但他們終於到他的第二故鄉來了，他對這個地方同時懷著愛和恨，同時感到喜好和憎惡。

他到了這兒，便偷偷地跑到公墓裡去，把伊采林娜的墳上弄乾淨。他拔掉土堆上的一切雜草，弄鬆了土以後，墳又變成新的了，跟著他的回憶也變成新的了。那些回憶撥開感覺與思想的厚厚面紗，分明地顯露出來，就像事情是發生在昨天一樣。他看見她在若里的柔軟的腰上，風一般的飛跑把她載走了。她現著得意般的安靜，臉上帶著笑容，他也看見她把手放在頭下面睡著的姿態，他又看見她每個時期的姿態，最後他還看見醫院裡那個美麗而又可怕的景象。

這一切在他的想像中依次過去了之後，他開始低聲講起話來，好像他以為她在聽他講話似的。

「伊采林娜，你怎樣了？好嗎？很好嗎？我謝謝你！……」過後他慢慢地繞著墳走了一轉，用布揩去了十字架上的塵土，又加添道：

「世界一點兒也沒有改變，伊采林娜。人們永遠是那個樣子，他們就跟你離開他們的時候完全一樣，並且我想在我死去以後他們也還是那個樣子。我現在卻笑得比以前更好了，……這會使你高興嗎？不嗎？啊，伊采林娜，怎樣辦呢？你知道我是爲著你活下去的。」

過後他埋下頭，帶著沉思的樣子在墳前站了許久。

「這一年我在這兒也只有一個星期的耽擱……你要我多住幾天嗎？呵，我生病了，我的太陽，在這兒我的笑使我生病了。」

說過這些話之後他又低聲說了一句「再見」，就離開墳走了。

那晚上他又講著那個老故事。可是在這兒，這是伊采林娜埋骨的地方，也是她的靈魂居住的所在，在這兒他心神不安地度過了六個夜晚，而且整夜失眠，到了第七天的晚上便發生了一件事情，這是在別的城鎮裡難得發生的事。

當他故意做出胸膛裡吐氣的動作、喉頭和舌頭的動作笑起來時，在他靈魂的深處開始湧出了這萌牙已久的憎恨感覺；那感覺逐漸增大，不斷地塡滿他的靈魂。於是，爆發出來成爲歇斯底里的輕蔑的大笑。他望著那些皺摺的臉，那些可憎的張開的嘴，他笑得越來越厲害。幸虧有這張戴著笑的假面具的臉掩蓋了眞的面容，觀眾才沒有發覺眞相。他們叫嚷著，帶著歇斯底里的痙攣搖晃著，透過淚光望著他。他不斷地把可怖的笑擲向觀眾，在他的笑聲中沸騰著輕蔑、憎恨、詛咒和毒素。他笑著，他那整個的「過去」，裡面連一點光明的火星也沒有，那些沒有盡頭的日子，從他早期的青年時代一直到現在，無一天不給那不間斷的笑聲塡滿，現在他那整個的「過去」像一串火光似地在他的面前移動著，使他那受了刺激的心靈充滿了只有他一個人聽見的叫嚷。他詛咒他的日子，悲悼他的愁苦的生活，越過他那輕蔑的感覺，他看見那些貪婪地張開了嘴的人每一個都變成了千頭的怪物。它們用它們的綠眼睛喝著他靈魂中最後一滴活力漿。

他用了最後的力量搖搖晃晃地回到馬房去，跌坐在椅子上面。可是在這兒笑還沒有停止。笑聲自己從他胸膛裡冒出來，而且可說是既沒有辦法，又沒有力量。他的頭向後仰著，他沉浸在苦痛的發作中，他胸膛裡的那股氣很快地發散盡了，從他的眼睛裡流出大量的淚水，溶化了他臉上的引人發笑的脂粉。

第二天，等著旅行的準備全弄好了，他便去向伊釆林娜告別。

他對著永遠沉默的十字架微笑，低聲說：

「伊采林娜，我就要走了。昨天，跟每年一樣，我又跟我的觀衆生氣了。原諒我，我不太好，不過請你想一想，我一年只能跟你會一次；想想這是多麼令人難過啊！」

過後他繞著墓走了一轉，拔了草，揩乾淨了十字架；帶笑地默想一會，時間快到中午了，他便埋下頭揭起帽子輕輕地說：

「別了，伊采林娜，我們來年再見吧。」

他走了。他那俯著的頭還回轉過來好多次，但終於在小山後面消失了。

他這樣坐在石頭上，眼睛呆呆地望著遠處。連動也不動一下。右面，在那棵枯樹旁邊，一匹偶然闖進來的紅馬在吃著草，它慢慢地擺著尾巴，在峽谷後面現出來消防隊的高塔和工廠的煙囱。

他忽然收回眼光看那匹馬，對牠笑了一笑，好像他記起了什麼似的，過後他又把眼光掉去看遠處了。接連有好久他那張多骨的瘦臉都帶著被什麼東西吸引去了似的表情，就像在天邊出現了他夢想了許久的事情一樣……然而他的眼光又像瞌睡般軟弱無力地掉開了，他的臉又變爲往常那樣的陰鬱、深沉了。在這荒涼的墓園的靜寂中，有著什麼比幻景更有力的東西，因此夢想就成了夢一樣地透光的而且是不能持久的了……其實人究竟應當夢想些什麼呢？

從兵營那個方向傳來號兵的樂聲。一個騎兵在小山背後跑馬，馬後面捲起一陣塵霧。跟每天一樣地靜靜地，一個長長的喪葬的行列穿過墓園口過來，慢慢地走上小路，到某一座新墳那兒去。

故事的背後

本文是保加利亞小說家奈米洛夫（Dobri Nemirov 1882~？）的作品，著有《噩夢》《奴隸》等。本篇是巴金從世界語選本選譯出來的。第一次大戰前後，鑑於列強的霸道，於是一些無政府主義的信仰者便企望推動一個沒有國界、沒有對抗和侵略的運動。世界語便是其中重要的一環。這運動在當時的東歐特別風行，因此也由此向世人傳播了東歐的文學風貌。

本篇寫一位馬戲團小丑的故事。小丑愛上演員伊采林娜，小丑逗人歡笑，但伊采林娜卻從未對他笑過。後者伊采林娜不幸表演時墜馬，行將斷氣時，她問：「你還在愛我？」他說：「我們到處流浪，讓人家開心……人們的愛不會到我們的身上，……這就是我多麼需要你的原因，我親愛的伊采林娜。」於是年復一年，小丑都會到她的墓前弔祭，對她訴說衷曲。從這篇小說中，我們可以領略小人物淳厚的感情。

巴金（一九〇四～），原名李芾甘，四川成都人，當代中國著名作家，著有《家》《無》《秋》《寒夜》等讀者眾多的小說，翻譯世界名著無數種。他是無政府主義者，因景仰無政府主義思想家巴枯寧和克魯泡特金，故取他們名字前後二字作為筆名。

巴金（右）與曹禺，攝於一九五六年。

一九五〇年代的巴金。

錶

俄·叔巴維奈作／徐曙譯

安娜·謝爾格耶芙娜收到兒子彼查的來信：

——您那兒想必依舊積雪遍地，但我們這裡罌粟花已經盛開，從花面看過去，宛如一匹紅色的布疋，佈滿了整個荒野。我們住在帳幕底下，工作十分吃重，從早到晚忙個不停。而我，因爲無暇理容，鬍鬚已經很長了。不久前，我們完成了一條長達七十公尺的公路。還有，您送給我的「不透水」錶已經報銷了，我一路上沒有發現有何異樣，直到錶帶斷開，錶摔落地面，那隻名叫「飛奇卡」的駱駝正巧從後面走來，把它踏碎了。——

「唉！可憐的孩子。」安娜·謝爾格耶芙娜看完信，心潮起伏的嘟囔。

這封信尾尚有一段附語：「請探詢一下，爲什麼薇拉惜墨如金，已經快有兩星期，我沒有收到她的隻字片語。」

當她閱畢這段似乎是兒子順便提及的附語，彷彿覺得那善良、愉悅的口吻突然走了調，信裡隱隱約約蘊藏著焦躁與不安。

安娜．謝爾格耶芙娜努力去想像鬍鬚滿面的彼查，但是她想像不出，只是會心地笑了笑。她轉念一想起自己竟有了個成年的兒子，卻情難自禁地嚶嚶啜泣起來。

這個纖小蒼白的女人，眼睛深邃，經常是穿著一身在大拍賣時買來的陳舊女衫，腳趿少女穿的便鞋。她目前在建築事務所當出納員，至於彼查的父親，曾經是個軍人，戰死於一九四二年。丈夫死後，她領了撫恤金，一心一意照顧彼查。

彼查，圓團團的臉，標緻勻稱的體格，亞麻色的毛髮，完全是他父親的翻版，安娜．謝爾格耶芙娜甚至發現，他的步伐和他父親一模一樣——那麼昂首闊步，那麼信心十足。這個慈愛的母親可以直言無諱地指出自己孩子的所有特色，對於他的弱點，她卻私心盼望能在他身上看到。

以前，安娜．謝爾格耶芙娜對她的丈夫瞭如指掌，他們之間完全開誠佈公，絕無絲毫隱私，因此她心靈總洋溢著幸福。而今，她認爲在她和彼查之間，一切也都很美好、很坦白，彼查從未對她撒謊，她不管是憂傷的思緒或偶爾遇到的困境，也都盡可能對他坦誠。這就是她，基於母親神聖的仁慈，不曾想像過矯飾或虛僞。

他們住在一棟古舊的二層樓木造房屋裡，一間狹長的房間中，這棟房屋座落在莫斯科郊區。

就在某個春天，當時戰爭甫結束，有一個同事——工程師，未婚，不意竟對安娜·謝爾格耶芙娜求婚。事務所的人咸認爲這個工程師，不只十分風趣，是個傑出的工人，而且收入頗爲豐饒。因此當安娜拒絕他時，大家都很詫異，他們責備她，說她決定得太輕率。因爲，以她的年紀要再嫁人，並不那麼容易，更何況她有一個正待撫育的兒子，她應該爲他設想。光靠一個出納員的薪水和撫恤金，他們的日子過得並不寬裕，生活可說是捉襟見肘。而工程師在列寧格拉得斯基大道，卻擁有一幢豪華的寓所。沒有一個人知道，她之所以拒絕工程師，正是爲了彼查。這男孩已經十七歲了，她擔心兒子會責怪她的行爲失當，從而不再信賴她。

彼查領到中學畢業證書時，安娜·謝爾格耶芙娜贈給他一隻手錶。這隻錶非常好，有黑色的字盤，散發螢光的指針。店裡的人告訴她，它是「不透水的」。彼查雖然強自鎮定地接受手錶，但等母親的手一抽回，卻迫不及待的將它掛在腕上，把它湊近眼睛，久久凝視，目光隨秒針而移動，然後又站的遠遠地欣賞它，終於莞爾而笑。

安娜·謝爾格耶芙娜比自己的兒子更欣喜，她驕豪地說：

「更何況，它還是『不透水的』哩！」

彼查不屑地瞧瞧母親：

「這，媽媽，是一隻錶，不是套鞋呀！怎麼可說是『不透水』？」

「店裡的人是這麼對我說的。」

「在商店裡，有時也會遇見糊塗蟲。」彼查搶著辯白，並且解釋何謂「防水」錶，如果用「不透水的」來說明一隻錶，就意味著這個人的不學無術。就連一個七歲的孩子都知道該用「防水的」這個字眼。

彼查當然不清楚媽媽歷經多少困難，才買到這隻手錶。她逐月從薪水中抽出一些儲蓄起來。但那時錶價相當高昂，幾乎是目前的三倍貴，——而她所有的錢尚不足四百盧布——這對她是筆鉅大的數額，迫得她只好轉求於互助會。

當事務所的人知悉安娜·謝爾格耶芙娜需要那麼多錢的原因，都勸她不必送如此貴重的禮物。但這靜靜的、拘謹的女人，馬上露出堅定、固執的脾氣。

「對我的孩子來說，這是一樁大事。我必須這樣做，使他對這個日子留下終身的記憶。」

她向同事們說明原委。

中學畢業後，彼查進入地質專科大學。爲了縫製他的大學服，安娜·謝爾格耶芙娜又不得不爲張羅這筆錢而忙碌。放棄了一些她擬添購的物品。彼查穿起新的制服，顯得意氣風發，安娜·謝爾格耶芙娜覺得他頗有萊蒙托夫❶的神采。

成了一個大學生，彼查漸漸獨立，還學會了抽紙菸。在他的特質中，不知不覺的流露出嘲訕的態度。他經常向母親宣稱：「妳什麼都不知道！」，或「媽媽，我已經不再是個小男孩了！」——他使用這類的字眼說話，就像時下一些年輕人，自以爲已經成年，只有他們可以給予所有的人生事務正確的評估。

安娜·謝爾格耶芙娜又想到，夫婦之間和母子之間的毫無隱晦，對每一個家庭是十分重要的。她認爲彼查對她無所隱瞞，就是自己的一項大成就。

然而，有一回，母親在桌上看見一幀顯然是彼查遺忘的、陌生女孩的照片。由背後的簽字：——給親愛的、永遠可愛的彼查　薇拉。——她知道，這是薇拉一年以前送給彼查的。

翹翹的鼻子和渾圓的臉龐，自照片裡正對著安娜·謝爾格耶芙娜。由彼查在照片底的附語中，可以窺想出現在這個陌生的女孩對彼查而言，是「世界上最珍貴的」。不過，安娜·謝爾格耶芙娜讀完附語，內心猝然昇起一股感覺，彷彿有一些對她來說異常寶貴的東西，被粗暴地剝奪了，而且絕無挽回的餘地。她又想起自己歲數已大，不禁陷入極端的孤單寂寞。

她想起自己如何含辛茹苦的養育兒子，就忍不住悲從中來，潸潸淚下，哭腫了眼睛。她嘆口氣。把照片嵌入全家福的相冊裡。

她不曾當著彼查的面，提起有關薇拉的隻言片語。然而，兒子發現照片被嵌入了相冊，困窘而內疚，久久無法釋懷。

整整過了一年，彼查通知媽媽，他和薇拉決定結婚。安娜·謝爾格耶芙娜趕緊又求助於互助會，既羞赧又興奮的告訴大家，彼查要結婚了。同事都勸她婚禮簡單舉行即可，她卻被驚擾般嚇了一跳：

「你們說什麼？你們說什麼呀！這怎麼成呢？這是我孩子的終身大事哩！我一定要辦得讓他一輩子記起這個日子。」

婚禮之後，彼查隨即遷居薇拉家，薇拉的父母擁有一幢輝煌的寓所。而母親則孤單地留住在原來的狹窄、不便的房間裡，彼查愈來愈少來看望她，因為每次來，都必須穿過幾乎整個城市，而且他和薇拉又都忙於準備畢業論文。

專科大學畢業後，薇拉留在莫斯科，彼查則隨地質隊前往烏茲別克斯坦。

三個月後，她沒有接獲兒子任何的音訊，當她因彼查坐立難安時，就打電話給薇拉，很難堪的詢問他的安康，薇拉只作三言兩語的答覆，母親覺得兒媳婦根本沒有興趣和她談論彼查。

終於，安娜·謝爾格耶芙娜收到了這一封彼查寄來的信。

第二天，她已把信背得滾瓜爛熟了，她在事務所自言自語：

「因爲駱駝，錶報銷了！」很快地大家即獲悉，彼查住在帳幕裡，不久前剛完成了一條困難的公路，而荒野上，罌粟花正盛開，從花面望過去，大地彷如鋪了紅色的布疋。母親認爲這一切具有極爲深長的意義。

「我不知道，沒有錶他將如何生活？」安娜·謝爾格耶芙娜煩惱的說，她以爲生活在荒野裡，沒有錶是絕對不行的。

她三次撥電話給薇拉，但都無法接通。

她有不算多的儲蓄，這是她從薪水中儲存起來的，本打算給自己買件袷大衣，現在她做了一個只有母親能做出的抉擇，那就是，她的舊大衣並不眞的如此破舊，冬天來時，只要將它送去刷洗，再裝上一個新領子，那麼它就可以不只抵用一年了。這個想法使她狂喜不已。第二天，一個郵包被寄往荒野，大約一個半星期後，彼查收到了這個包裹，他打開小篋子，抽出一堆墊棉和裝著錶的盒子，裡面還有一環金手鐲錶帶。

——親愛的孩子，我過得很好，你不必為我擔心，薇拉仍是非常地愛你。——他讀著，覺得這寫滿母親心血的筆跡的小小紙頭，猶如炙熱如焚的荒野的太陽，開始燙刺他的手指。

他眼前浮起母親的影子，纖小、羞怯、早衰而髮鬢霜白。他覺得難堪害臊，他竟忽略了她，只一味地想著自己，想著薇拉，只盼望薇拉的來信。更何況「不透水的」錶還好端端地，他不過是拿它去換了另外一隻。而因為想不出該給媽媽寫些什麼。為了逗樂，也為了博得媽媽一笑，於是他竟藉駱駝捏造了一個荒謬的故事。

❶十九世紀俄國名詩人。

故事的背後

這篇〈錶〉是從一本當代的俄羅斯小説選中翻譯出來的。原作者叔巴維奈（B. Subavinz），是蘇聯時代的一位作家，其他有關生平之事不詳。譯者徐曙是台灣青年作家吳福成與徐慧芳夫婦共同的筆名，曾出版《現代俄國短篇小説選》。

這篇小説，字數不多，但表達的母愛，卻讓人難已於懷。自從生下孩子，母親的關愛、操心、付出，就永遠沒有停止的時候。「蓼蓼者莪，匪莪伊蒿，哀哀父母，生我劬勞！」詩經中的感懷，在這篇短短的作品中，也同樣的啓發人的孝思。

陳雅麗……著

沒大沒小天才班

繼侯文詠之後，最令人耳目一新的幽默故事作家！
李家同教授、師大吳武典教授、愛呆西非連加恩，拍案叫絕推薦！

綽號諸葛麗的雅麗老師，任教多年，她用生動幽默的筆調，一個個令人又愛又恨的小朋友、一樁樁女老師酸甜苦辣的心事，都活靈活現地跑到你眼前，捧腹大笑之餘，也會令你大開眼界！

圓神出版／定價220元

菲力普・史托克……著　陳信宏……譯

不可不知的100位思想家

Philosophy: 100 Essential Thinkers

一百個大師的思想精華，一次吸收
拓展思想極限的哲學盛宴

本書介紹西元前六世紀到二十世紀末，最重要的方思想家的生平與思想，文字簡潔易懂，內容豐富可見到這幾位思想家的真實面目。

究竟出版

維荷尼克・安端－安德森……著　賴慧芸……譯

藝術有什麼用？

L'art pour comprendre le monde

一本另類的藝術史，也是一本人類文明的發展史！

法國博物館學家安端─安德森，從人類的遺產中，挑選出許多特別而不常見的作品，用講故事的口吻、幽默卻不失清晰的筆法，讓你知道藝術和人類歷史演變與發展的密不可分。

看完本書後欣賞藝術，將有不一樣的角度跟啓發。

先覺出版／定價290元

白先勇、鄭愁予、黃春明、楚戈推
尉天驄等……編選

總是無法忘卻　散文

精研現代文學的尉天驄教授，從三、
作品中，嚴選了十幾篇感人肺腑的散文
婦〉白先勇的〈樹猶如此〉等。

溫馨，在回望

嚴選16篇名家經典短篇小說
感動，喚回早已被人遺忘的真摯

是夢也是追

精選目前坊間罕見與流
新詩演變的歷史為經，重現
她」等經典。篇文精彩，令人不忍釋卷

圓神出版／

金永華、金錚琦……著

影響歷史的愛情

關於25個古今西方與中國領袖人物的愛情世界！
埃及艷后如何創造歷史？伊麗莎白為何放棄愛神的手？

西方有拿破崙的羅曼史，中國有孫中山與宋慶齡、蔣介石與宋美齡等的纏綿悱惻。他們在權力中心呼換愛，他們的愛情或婚姻對歷史的影響舉足輕重。

究竟出版／定價270元

蔡依林、角子……著

J1 JOLIN的二十四堂英文日記課

超人氣的蔡依林第一本英文書！首度公開Jolin私密日記全紀錄！
籌備18個月，搶救英文A+++計畫，Jolin和超級英文J1團隊強力引進超神奇、風行日本的英文日記學習法。流行、專業二合一！

這是一本強調流行與專業的英文書，為了讓英文學習變得更實用有趣，Jolin雙管齊下，大方公開自己的生活秘密日記！從魔法彩妝篇開始，保養美人篇、時尚流行篇、減肥瘦身篇、談情說愛篇、出國旅行篇、校園職場篇，到人生夢想篇等應有盡有，再加上由三位歐美外籍專家、四位亞洲英文教育專業人士所組成「J1英文團隊」的專業討論快樂、流行、專業三合一！24天，給你煥然一新讀寫全攻略！

隨書附贈

- Jolin 親
- 72句英文
- 英文隨身

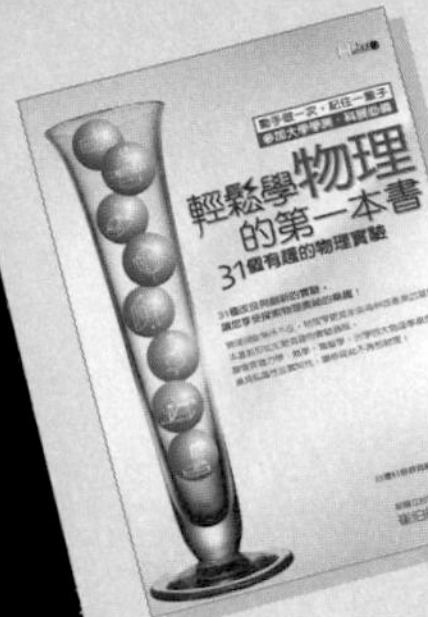

周鑑恆……著

輕鬆學物理的第一本書

31個有趣的物理實驗

兼具知識性及準備學測科展的實用性！

台灣史特林引擎科普教育第一人——周鑑恆教授，針對……中至大一物理程度，提出有趣、驚奇及新穎的實驗。補……科書的不足，一般讀者也能動手實驗，對力學、熱學、……學、光學四大物理學原理，享受探索物理奧祕的樂趣

如何出版／定……

《自然科學驚異奇航》系列

榮獲英國艾凡提斯科學圖書獎！

英國皇家地理協會推薦「極具啟發性！」

阿尼達·加奈利……著 麥克·菲利浦……圖

冰天雪地 —南極、北極

本書從驚險刺激的極地競賽故事開始，介……的地理環境及天候狀況，並以幽默有趣的……裡的生物習性及生存方式。

輕鬆閱讀，揭開南北極的祕密！

阿尼達·加奈利超輕鬆……英文聽說

……自錄音英文朗讀 CD

……作文必用黃金 J 句

……實用複習卡

……N 北中南簽書會

……圓神書活網！

圓神出版

馬克·桑布恩 Mark Sanborn……著

周玉軍……譯

Upgrade!升級

全球激勵大師的卓越講義

《從 A 到 A+》的個人實踐版！

全球暢銷書《每一天都是你的代表作》作者的經典之作

★首刷搶閱價：8 折優惠 200 元

作者以「傑出的激勵演說大師」著稱，為全球五位「金麥克風大師」之一！書中的技巧是當今頂尖人士及成功企業的經驗濃縮，加上作者 15 年來的研究精華，包羅各種使人生得以豐富的觀點、策略和技巧！你將看到以下內容：

→如何為產品、服務或過程增值

→如何以想像力代替金錢並比競爭對手勝出一籌

→如何獲得前途而不是出賣前途

→超越「交際」建立長久關係

→提高創造力八竅門

→如何建立持續進步的團隊等精彩篇章。

從好到優秀，從卓越到神奇，讓你相信：再輝煌的成就背後，都存在著進步的空間，人的潛力真的無窮！

方智出版／定價 250 元

詹姆斯·布德利……著

劉泗翰 譯

飛行小將

關乎勇氣的真實故事

Flyboys: A True Story of Courage

《紐約時報》暢銷書前五名

史蒂芬·史匹柏、湯姆·漢克斯、HBO……電影版權

這是二次大戰終戰 60 年最震撼作品，揭開父島……密，也是前美國總統布希死裡逃生的難忘記憶。

1944 年夏天，日軍開始最後的困獸之鬥。太平洋……座無線電塔是日軍的通訊命脈，美國飛行小將駕著……烈的火網，前撲後繼地進行轟炸。在持續的攻擊行……個人從被擊中的飛機成功跳傘，只有布希中尉奇蹟似地獲救，其餘八人均被俘虜。然而，這八位死裡逃生的飛行員所面對的，卻是無情的刺刀、最殘酷的凌虐……

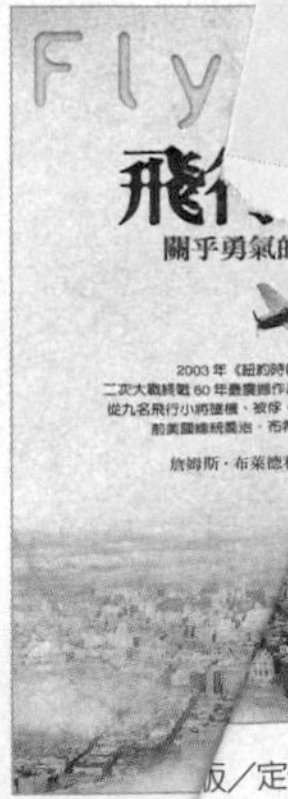

本書揭開這段美日兩國聯手封鎖了五十年的迷霧，將這些飛行小將駭人聽聞的遭遇首次公諸於世。

……版／定價 350 元

林萃芬 …… 著

從說話模式洞悉人心

一本創造美好社交關係的實用書
「改變說法」為你重建全方位良好人緣

暢銷作家林萃芬融合多年的社交應對心得、企業顧問歷練，心理學理論與輔導實務，歸納整理出 20 多種不同的說話模式，幫助大家建立好人緣、擁有圓融通達的人生觀。

★全書加上活潑插圖，更添閱讀趣味！

方智出版／定價 220 元

蘇菲亞．馮妲奈兒 …… 著　楊智清 …… 譯

FW：巴黎瘋奈兒的 e-mail

Fonelle et sesani

慾望城市巴黎版！風靡法國、歐洲、亞洲各國
比 BJ 單身日記更瘋狂、比小 S 更無厘頭！
請盡情大笑，以免內傷

巴黎的 26 歲瘋奈兒，與一票朋友持續交換 e-mail……
每天都充滿都會的時尚生活與愛欲冒險！
★法式時尚彩色插畫，喜愛時尚的讀者，一定瘋狂喜愛！

方智出版／定價 230 元

Caro Handley …… 著　劉芸 …… 譯

30 天搞定一生：

他會愛我很久嗎？

Sorted in 30 days : RELATIONSHIP

只要 30 天，就可以讓妳的愛情甜甜蜜蜜，幸福久久！

經營感情是需要練習的！

本書教妳養成愛情的好習慣，重新找回屬於兩人的浪漫。協助妳度過所有情侶之間會發生的狀況，永遠永遠在一起。

★尚未看完此書，千萬不要衝動結婚！

方智出版／定價 180 元

席慕蓉……著

我摺疊著我的愛

台灣詩壇天后席慕蓉最新詩作！
42首詩與20幅畫，收藏著席慕蓉的真心真情。

自一九八一年七月，《七里香》出版以後，席慕蓉的詩，就以清朗真摯的獨特風格，觸動了許許多多讀者的心靈。陸續出版的《無怨的青春》《迷途詩冊》等詩集更奠定了她在台灣詩壇的地位。在睽違兩年之後，席慕蓉終於推出了她全新的詩作《我摺疊著我的愛》。

席慕蓉說：「每當新的觸動來臨，我們還是會放下一切，不聽任何勸告，只想用自身全部的熱情再去寫成一首詩。」

這本詩集正是席慕蓉兩年來對於生命與原鄉的所有悸動與熱情。

圓神出版／定價240元

席慕容延伸作品……………………………………

《迷途詩冊》《七里香》《無怨的青春》《席幕蓉》（畫冊）《我的家在高原上》

聖誕禮物

美·歐亨利作／許國衡譯

一塊八毛七分錢。全部在這兒哪。當中六毛錢都是一分銅幣。那些銅幣都是一分兩分，每次和雜貨店老闆呀，菜販呀，屠戶呀討價還價爭得臉紅脖赤爭來的。黛娜一共數了三遍。一塊八毛七分，明天就是聖誕節了。

黛娜數完束手無策了，只有倒到那張破舊的沙發上去痛號一場。這倒是使人想起某種哲理，人生便是一連串的哭泣、抽搐和微笑，悲哀總是多於快樂的。

黛娜傷心了一會，往房間四面看了一圈，八塊錢一週連家具的公寓，雖還沒到叫化窩的程度，可真是也離破落戶不遠了。

在樓下大門的過道旁邊有一個信箱，可是從來也沒有用過，一個電鈴的按鈕也沒有人來揿過，對著電鈴有一個名片，上面印了「傑姆士．狄令格蘭．楊先生」。

名片上印全名，在名字的主人以前每週收入是三十元時倒無可厚非。目前每週只賺二十元了，好像應該把中間那個「狄令格蘭」縮寫成一個字母D要來得恰當些。不過「傑姆士．狄令格蘭．楊」先生回到他樓上公寓時他被叫做「傑姆」，當他回來時總是被他的太太——就是剛才同你介紹過的黛娜——熱情擁抱一番，全名或簡稱都是無所謂的。

黛娜哭了一會以後，把臉上撲了點粉，她站到窗口呆呆地看著灰黯的後院裏，一隻灰黯的貓從一排灰黯的籬笆上走過去。明天就是聖誕節了，而她只有一塊八毛七分給傑姆買禮物的錢。她從幾個月以來一分一分地省，結果就只有這麼一點點。二十塊錢一週怎麼也不夠用的，開銷總是比她算計的大，總是入不敷出。只有一塊八毛七去給傑姆——她的傑姆買禮物。她不知道盤算了多久，想給他買一件好禮物，一件精緻、罕見，而且高級的——一件起碼可以表示自己以做他妻子爲榮的禮物。

房間內窗戶之間有幾面狹長的窗間鏡，也許你見過在一間八塊錢房租的房間裏的窗間鏡。一個瘦長敏捷的人從那幾塊狹長的鏡面前走過，可以看到自己的大致不差的映像。黛娜長得很苗條，她是這種照鏡子方法的高手。

突然間，她從窗口轉到鏡子前面。她的眼睛一亮，可是接著臉色失去了紅潤。她很快地把頭髮打散，全部披了下來。

有兩樣東西是楊家小夫妻最引以爲榮的，一是傑姆的金掛錶，那是他祖父傳給他父親，父親再傳給他的。另一樣呢，便是黛娜的頭髮。如果希巴女王住在對面那間公寓的話，黛娜一定會把她的頭髮伸散出窗外去涼乾，肯定比女王的珍奇寶飾還珍貴。如果所羅門王是公寓的管理員，在他的地下室堆滿了寶藏，傑姆會每次經過那兒時便把金錶掏出來，好讓他嫉妒得直扯鬍子。

這時黛娜美麗的頭髮長長地拖曳下來，波動著閃閃發光，就像一澗棕色的瀑布一樣。那頭髮垂到她的膝蓋下面，看上去好像是她身上穿的衣服。接著，她很快、很緊張地把它梳捲上來。她蹣跚了一會兒，然後站住，眼淚一顆顆地掉到磨損的紅地毯上。

她一把抓了她的棕色的舊外套，戴上她的棕色的舊帽子，眼睛裡仍有淚光，一陣旋風似的衝出門去，奔下樓梯，跑到大街上。

她走到一家招牌上寫著：「蘇佛若麗夫人：各種頭髮製品」的店門口停了下來。她跨上一級台階跑了進去，站定了以後，氣都喘不過來。蘇佛若麗夫人很高大，過於白皙，冷冰冰的，一點也不像她名字暗示的端莊。

「妳買不買頭髮？」黛娜問道。

「當然買呀！」夫人說。「把妳的帽子脫下來，讓我先看一下。」

那一頭波動的棕色瀑布便垂掉了下來。

「二十塊錢。」夫人說，她用手挽起那濃密的頭髮。

「馬上給我錢。」黛娜說。

哦，這以後的兩個鐘頭，她像騰雲駕霧似的，一家店接著一家店，東翻西挑地替傑姆找禮物。

她終於找到了。那簡直就是爲傑姆一個人打造的——她每一家店都翻遍了，沒有一樣東西能夠跟它比的——那是一條白金打的掛錶鏈子，設計簡單，給人的印象是貴重的，這是從本身的質量，而不是花色裝飾而來的——就同所有的好東西一樣。這條鏈子和傑姆的金錶一樣珍貴。她一眼看到就知道它是傑姆的。它就像傑姆本人一樣，沉靜且高貴。他們要她付了二十一塊錢，她握了剩下的八毛七分匆匆地趕回家去。等傑姆的錶裝上這條鏈子以後，他一定會隨時隨地看錶。那隻錶雖然高貴，可是配著一條皮鏈子看上去可眞是有些寒傖。黛娜回到家以後，剛才的激情隨著也冷靜了下來。她把燙髮的捲鉗拿出來，點了火燒熱，開始把爲了愛情所犧牲的殘局修理一下。那可不是一樁簡單的工作，應該說是艱鉅的工程。

整整花了四十分鐘她滿頭盡是密密麻麻的小捲子，使她她看上去像一個逃學的男學童。她對著鏡子，仔細地左照右照。

「如果傑姆不把我宰掉，」她對自己說，「他會多看我一眼，肯定會說我像一個康尼島遊樂園的歌舞班舞女。可是我有什麼其他的辦法呢？哦，只有一塊八毛七分，我還能做什麼呢？」

七點鐘了，咖啡煮好了，煎鍋擺到爐子上準備炸豬排了。

傑姆從來不會遲到的。黛娜把錶鏈捲握在手中，坐到他進來的門口旁的桌子角落。接著她聽到他上樓的腳步聲，她一下緊張得心口直跳。她有一個習慣，對每天日常的小事都先做一番默禱，這時她低聲禱告說：「主啊，請讓他仍然認爲我漂亮。」

門打開了，傑姆走進來再隨手關上門。他看上去很瘦削並且非常嚴肅。可憐他才二十二歲便揹上了一個家庭的重擔！他很需要一件新外套，而且大冷天連雙手套也沒有。

傑姆走進門以後，一下呆呆地站在那裏，就像一隻獵犬聞到鵪鶉的氣味似的。他兩眼盯著黛娜，那眼神是她從未見過的，她有點害怕了起來。那既不是生氣，也不是驚訝，也不是不滿，也不是恐懼，也不是任何一種她準備接受的表情。他只是盯著她，臉上一副那種無可名狀的樣子。

黛娜從桌子旁抽身出來走向他去。

「傑姆，親愛的。」她叫他。「不要這樣地看我，我把頭髮剪掉賣了，沒有禮物給你我是無法過這個聖誕節的。頭髮會長出來的——你不會在意吧？我不能不這麼做的，我的頭髮長得很快。傑姆，說聲『聖誕快樂』吧！讓我們快快活活地過節。你可不知道我給你找到了一樣多麼好——多麼漂亮的禮物呢。」

「妳把頭髮剪掉了？」他吃力地問道，好像他經過那麼一陣艱苦的內心掙扎以後仍然沒有明白眼前的事實。

「剪掉了，賣了。」黛娜說。「你難道不再同樣地喜歡我了嗎？我還是我呀，只是少了些頭髮，你說對不對呀？」

傑姆好奇地向房內四面看了看。

「妳說妳的頭髮已經不見了？」他說著，一副呆頭呆腦的樣子。

「你不用找了，」黛娜說，「我告訴了你已經賣給人家去了，沒有了。現在是聖誕前夕，傑姆，別再氣我，我是為你做的。也許我的頭髮只值幾個數字，」她突然有點嚴肅起來，「可是沒有人可以計數我對你的愛。傑姆，我去炸豬排了。」

傑姆突然間像從夢中驚醒似的，他一把把黛娜摟住。他從大衣口袋裡掏出一個小禮物包來，一下放到桌子上面。

「黛娜，妳千萬別誤會，」他說，「不管是剪髮呀、剃頭呀、洗頭呀，沒什麼可以減少我對妳的愛，不過妳打開這個包裹來看一看，你就知道我爲什麼被妳嚇住了。」

十根手指飛快地拆繩子撕包裝紙，接著一聲驚奇的尖叫，再就是，一種女性特有的急轉變爲放聲痛哭哀號，這得要男主人盡一切能力來安慰才行。

因爲那擺著的是髮簪——一組髮簪，一把把並列在那裡，那是黛娜在百老匯櫥窗裡看到，不知羨望了多久的，精美的髮簪，是純玳瑁刻的，邊上鑲了珠寶——顏色正好配上那頭漂亮的，失去的頭髮。她知道那是很貴的東西，她心裡一直想要但卻知道自己買不起的。現在呢，它們終於成了她的，可是那用它們來裝飾的頭髮卻又沒有了。

不過她把它們捧到心窩前，半天她才抬起頭來，兩眼含著淚微笑地說，「我的頭髮長得很快，傑姆！」

傑姆還沒有看到他的美麗的禮物，她急切地伸出握著它的手掌。那沉重的貴金屬好像突然反映出她快樂和急切的心情。

「傑姆，這個夠漂亮了吧！我跑遍了全城才找到它的，這下你每天要看一百次錶了，快把你的掛錶給我，我要看看它配上去是什麼樣子。」

傑姆沒有理她，一下坐到沙發上，兩手托到頭後對著她微笑。

「黛娜，」他說，「我們還是把聖誕禮物收起來，保留一陣再說，它們現在用起來太過於奢侈一點了。我把錶賣掉去買了妳的髮簪。好啦，咱們去炸豬排準備吃飯吧！」

故事的背後

歐亨利（O. Henry）、馬克吐溫和愛倫坡是美國最受歡迎的三位小說家，而歐亨利更享有「短篇小說大師」的尊稱。歐亨利是威廉·西德利·波特爾（William Sydney Porter）的筆名。他於一八六二年九月十一日生於美國北卡洛琳娜州的葛琳斯波若城（Greensboro, North Carolina），三歲喪母，父親是一位醫生，整天酗酒不盡父責，他和他弟弟，完全是祖母帶大的。他自小就喜歡閱讀，十五歲便輟學搬到德州去，在一位朋友的藥房做事。一八八二年他搬到奧斯汀（Austin）定居，前後做了許多不同的工作，包括銀行出納。同時他也結了婚。一八八四年他創辦了一份幽默週刊叫做「滾石」（The Rolling Stone），可是沒有多久便倒閉了。雜誌關門以後他到「休斯敦郵報」（Houston Post）去當記者兼專欄作者。後來他被銀行告發盜用公款，他知道消息後便逃到國外，在洪都拉斯（Honduras）躲了一陣子，聽到妻子病危的消息後便又回家，一八九七年被提審判刑，一八九八年被關到俄亥俄州監獄，在獄中他開始寫短篇小說賺稿費以撫養女兒，作品經常在各大期刊上發表。一九〇一年假釋出獄，他乾脆把名字改為歐亨利。

歐亨利於一九〇二年搬到紐約，專心寫作，他的短篇小說幾乎每週一篇在各大雜誌發表，聲名為之大噪，第一個集子《棕櫚與國王》（Cabbages And Kings）出版於一九〇四年，第二集《四百萬》（The Four Million）出版於一九〇六年，接著又出版了《裝飾的燈》（The Trimmed Lamp, 1907），《西部中心》（The Heart of the West, 1907），《旋轉》（Whirligigs, 1910）等集子。歐亨利晚年很不順利，酗酒、疾病、貧困交相折磨，他於一九一〇年病逝紐約。享年四十八歲。

歐亨利不愧是一個多產作家，一生寫了六百多篇短篇小說，出版十本短篇小說集。目前德州奧斯汀市有歐亨利紀念館開放供人瞻仰。

〈聖誕禮物〉原名是〈賢人的禮物〉（The Gift of the Magi）。文章最後一段談到聖經上東方三賢人給聖嬰帶來獻禮的故事，不但宗教意味太重，也有畫蛇添足的毛病，譯者逕自刪掉未譯，特此聲明。

本篇的背景正是當代商業繁榮的城市。看起來熱鬧，其實非常冰冷。與此相對的是書中的一對小人物，他們雖然是那麼微小，但他們生命中散發的真摯的關愛和相互犧牲，卻放射出永遠不息的火焰。

譯者許國衡，一九三二年生，安徽人。國立政治大學西語系畢業。後留學美國任教於德州。曾主編「筆匯」月刊。譯有《文學論》《艾藍島》《瓊斯皇帝》《現代獨幕劇選》等。

故鄉

魯迅作

我冒了嚴寒，回到相隔二千餘里，別了二十餘年的故鄉去。

時候既然是深冬；漸近故鄉時，天氣又陰晦了，冷風吹進船艙中，嗚嗚的響，從篷隙向外一望，蒼黃的天底下，遠近橫著幾個蕭索的荒村，沒有一些活氣。我的心禁不住悲涼起來了。

啊！這不是我二十年來時時記得的故鄉？

我所記得的故鄉全不如此。我的故鄉好得多了。但要我記起他的美麗，說出他的佳處來，卻又沒有影像，沒有言辭了。彷彿也就如此。於是我自己解釋說：故鄉本也如此，——

雖然沒有進步，也未必有如我所感的悲涼，這只是我自己心情的改變罷了，因為我這次回鄉，本沒有什麼好心緒。

我這次是專爲了別他而來的。我們多年聚族而居的老屋，已經公同賣給別姓了，交屋的期限，只在本年，所以必須趕在正月初一以前，永別了熟識的老屋，而且遠離了熟識的故鄉，搬家到我在謀食的異地去。

第二日清早晨我到了我家的門口了。瓦楞上許多枯草的斷莖當風抖著，正在說明這老屋難免易主的原因。幾房的本家大約已經搬走了，所以很寂靜。我到了自家的房外，我的母親早已迎著出來了，接著便飛出了八歲的侄兒宏兒。

我的母親很高興，但也藏著許多淒涼的神情，教我坐下，歇息，喝茶，且不談搬家的事。宏兒沒有見過我，遠遠的對面站著只是看。

但我們終於談到搬家的事。我說外間的寓所已經租定了，又買了幾件家具，此外須將家裡所有的木器賣掉，再去增添。母親也說好，而且行李也略已集齊，木器不便搬運的，也小半賣去了，只是收不起錢來。

「你休息一兩天，去拜望親戚本家一回，我們便可以走了。」母親說。

「是的。」

「還有閏土，他每到我家來時，總問起你，很想見你一回面。我已經將你到家的大約日期通知他，他也許就要來了。」

這時候，我的腦裡忽然閃出一幅神異的圖畫來：深藍的天空中掛著一輪金黃的圓月，下面是海邊的沙地，都種著一望無際的碧綠的西瓜，其間有一個一二十歲的少年，項帶銀圈，手捏一柄鋼叉，向一匹猹❶盡力的刺去，那猹卻將身一扭，反從他的胯下逃走了。

這少年便是閏土。我認識他時，也不過十多歲，離現在將有三十年了；那時我的父親還在世，家景也好，我正是一個少爺。那一年，我家是一件大祭祀的值年。這祭祀，說是三十多年才能輪到一回，所以很鄭重；正月裡供祖像，供品很多，祭器很講究，拜的人也很多，祭器也很要防偷去。我家只有一個忙月（我們這裡給人做工的分三種：整年給一定人家做工的叫長工；按日給人做工的叫短工；自己也種地，只在過年過節以及收租時候來給一定人家做工的稱忙月），忙不過來，他便對父親說，可以叫他的兒子閏土來管祭器的。

我的父親允許了；我也很高興，因為我早聽到閏土這名字，而且知道他和我彷彿年紀，閏月生的，五行缺土，所以他的父親叫他閏土。他是能裝弶❷捉小鳥雀的。

我於是日日盼望新年，新年到，閏土也就到了。好不容易到了年末，有一日，母親告訴我，閏土來了，我便飛跑的去看。他正在廚房裡，紫色的圓臉，頭戴一頂小氈帽，頸上套一個明晃晃的銀項圈，這可見他的父親十分愛他，怕他死去，所以在神佛面前許下願心，用圈子將他套住了。他見人很怕羞，只是不怕我，沒有旁人的時候，便和我說話，於是不到半日，我們便熟識了。

我們那時候不知道談些什麼，只記得閏土很高興，說是上城之後，見了許多沒有見過的東西。

第二日，我便要他捕鳥。他說：

「這不能。須大雪下了才好。我們沙地上，下了雪，我掃出一塊空地來，用短棒支起一個大竹匾，撒下秕穀，看鳥雀來吃過，我遠遠地將縛在棒上的繩子只一拉，那鳥雀就罩在竹匾下了。什麼都有：稻雞、角雞、鵓鴣、藍背……」

我於是又很盼望下雪。

閏土又對我說：

「現在太冷，你夏天到我們這裡來。我們日裡到海邊撿貝殼去，紅的綠的都有，鬼見怕也有，觀音手也有❸。晚上我和爹管西瓜去，你也去。」

「管賊麼？」

「不是。走路的人口渴了摘一個瓜吃，我們這裡是不算偷的。要管的是獾豬、刺蝟、猹。月亮底下，你聽，啦啦的響了，猹在咬瓜了。你便捏了胡叉，輕輕地走去……」

我那時並不知道這所謂猹的是怎麼一件東西——便是現在也沒有知道——只是無端的覺得狀如小狗而很兇猛。

「他不咬人麼？」

「有胡叉呢。走到了，看見猹了，你便刺。這畜生很伶俐，倒向你奔來，反從胯下竄了。他的皮毛是油一般的滑……」

我素不知道天下有這許多新鮮事：海邊有如許五色的貝殼；西瓜有這樣危險的經歷，我先前單知道他在水果店裡出賣罷了。

「我們沙地裡，潮汛要來的時候，就有許多跳魚兒只是跳，都有青蛙似的兩個腳……」

啊！閏土的心裡有無窮無盡的稀奇的事，都是我往常的朋友所不知道的。他們不知道一些事，閏土在海邊時，他們都和我一樣只看見院子裡高牆上的四角的天空。

可惜正月過去了，閏土須回家裡去，我急得大哭，他也躲到廚房裡，哭著不肯出門，但終於被他父親帶走了。他後來還託他的父親帶給我一包貝殼和幾支很好看的鳥毛，我也曾送他一兩次東西，但從此沒有再見面。

現在我的母親提起了他，我這兒時的記憶，忽而全都閃電似的甦生過來，似乎看到了我的美麗的故鄉了。我應聲說：

「這好極！他，——怎樣？……」

「他？……他景況也很不如意……」母親說著，便向房外看，「這些人又來了。說是買木器，順手也就拿走的，我得去看看。」

母親站起身，出去了。門外有幾個女人的聲音。我便招宏兒走近面前，和他閑話：問他可會寫字，可願意出門。

「我們坐火車去麼？」

「我們坐火車去。」

「船呢？」

「先坐船，……」

「哈！這模樣了！鬍子這麼長了！」一種尖利的怪聲突然大叫起來。

我吃了一驚，趕忙抬起頭，卻見一個凸顴骨、薄嘴唇，五十歲上下的女人站在我面前，兩手搭在髀間，沒有繫裙，張著兩腳，正像一個畫圖儀器裡細腳伶仃的圓規。

我愕然了。

「不認識了麼？我還抱過你咧！」

我愈加愕然了。幸而我的母親也就進來，從旁說：

「他多年出門，統忘卻了。你該記得吧？」便向著我說，「這是斜對門的楊二嫂，……開豆腐店的。」

哦，我記得了。我孩子時候，在斜對門的豆腐店裡確乎終日坐著一個楊二嫂，人都叫伊「豆腐西施」。但是擦著白粉，顴骨沒有這麼高，嘴唇也沒有這麼薄，而且終日坐著，我也從沒有見過這圓規式的姿勢。那時人說：因爲伊，這豆腐店的買賣非常好。但這大約因爲年齡的關係，我卻並未蒙著一毫感化，所以竟完全忘卻了。然而圓規很不平，顯出鄙夷的神色，彷彿嗤笑法國人不知道拿破侖，美國人不知道華盛頓似的，冷笑說：

「忘了？這真是貴人眼高……」

「哪有這事……我……」我惶恐著，站起來說。

「那麼，我對你說。迅哥兒，你闊了，搬動又笨重，你還要什麼這些破爛木器，讓我拿去吧。我們小戶人家，用得著。」

「我並沒有闊哩。我須賣了這些，再去……」

「啊呀呀，你放了道臺了，還說不闊？你現在有三房姨太太；出門便是八抬的大轎，還說不闊？嚇，什麼都瞞不過我。」

我知道無話可說了，便閉了口，默默的站著。

「啊呀啊呀，真是愈有錢，便愈是一毫不肯放鬆，愈是一毫不肯放鬆，便愈有錢……」圓規一面憤憤的回轉身，一面絮絮的說，慢慢向外走，順便將我母親的一副手套塞在褲腰裡，出去了。

此後又有近處的本家和親戚來訪問我。我一面應酬，偷空便收拾些行李，這樣的過了三四天。

一日是天氣很冷的午後，我吃過午飯，坐著喝茶，覺得外面有人進來了，便回頭去看。我看時，不由得非常出驚，慌忙站起身，迎著走去。

這來的便是閏土。雖然我一見便知道是閏土，但又不是我這記憶上的閏土了。他身材增加了一倍；先前的紫色的圓臉，已經變作灰黃，而且加上了很深的皺紋；眼睛也像他父親一樣，周圍都腫得通紅，這我知道，在海邊種地的人，終日吹著海風，大抵是這樣的。他頭上是一頂破氈帽，身上只一件極薄的棉衣，渾身瑟索著；手裡提著一個紙包和一支長煙管，那手也不是我所記得的紅活圓實的手，卻又粗又笨而且開裂，像是松樹皮了。

我這時很興奮，但不知道怎麼說才好，只是說：

「阿！閏土哥，——你來了？……」

我接著便有許多話，想要連珠一般湧出：角雞、跳魚兒、貝殼、猹，……但又總覺得被什麼擋著似的，單在腦裡面回旋，吐不出口外去。

他站住了，臉上現出歡喜和淒涼的神情；動著嘴唇，卻沒有作聲。他的態度終於恭敬起來了，分明的叫道：

「老爺！……」

我似乎打了一個寒噤；我就知道，我們之間已經隔了一層可悲的厚障壁了。我也說不出話。

他回過頭去說，「水生，給老爺磕頭。」便拖出躲在背後的孩子來，這正是一個廿年前的閏土，只是黃瘦些，頸子上沒有銀圈罷了。「這是第五個孩子，沒有見過世面，躲躲閃閃……」

母親和宏兒下樓來了，他們大約也聽到了聲音。

「老太太。信是早收到了。我實在喜歡的不得了，知道老爺回來……」閏土說。

「啊，你怎的這樣客氣起來。你們先前不是哥弟稱呼麼？還是照舊：迅哥兒。」母親高興的說。

「啊呀，老太太眞是……這成什麼規矩。那時是孩子，不懂事……」閏土說著，又叫水生上來打拱，那孩子卻害羞，緊緊的只貼在他背後。

「他就是水生？第五個？都是生人，怕生也難怪的；還是宏兒和他去走走。」母親說。

宏兒聽得這話，便來招水生，水生卻鬆鬆爽爽同他一路出去了。母親叫閏土坐，他遲疑了一會，終於就了坐，將長菸管靠在桌旁，遞過紙包來，說：

「冬天沒有什麼東西了。這一點乾青豆倒是自家曬在那裡的，請老爺……」

我問問他的景況。他只是搖頭。

「非常難。第六個孩子也會幫忙了，卻總是吃不夠……又不太平……什麼地方都要錢，沒有規定……收成不壞。種出東西來，挑去賣，總要捐幾回錢，折了本；不去賣，又只能爛掉……」

他只是搖頭；臉上雖然刻著許多皺紋，卻全然不動，彷彿石像一般。他大約只是覺得苦，卻又形容不出，沉默了片時，便拿起菸管來默默的吸菸了。

母親問他，知道他的家裡事務忙，明天便得回去；又沒有吃過午飯，便叫他自己到廚下炒飯吃去。

他出去了；母親和我都嘆息他的景況：多子、饑荒、苛稅、兵、匪、官、紳，都苦得他像一個木偶人了。母親對我說，凡是不必搬走的東西，盡可以送他，可以聽他自己去揀擇。

下午，他揀好了幾件東西：兩條長桌，四個椅子，一副香爐和燭臺，一杆抬秤。他又要所有的草灰（我們這裡煮飯是燒稻草的，那灰，可以做沙地的肥料），待我們啓程的時候，他用船來載去。

夜間，我們又談些閑天，都是無關緊要的話；第二天早晨，他就領了水生回去了。

又過了九日，是我們啓程的日期。閏土早晨便到了，水生沒有同來，卻只帶著一個五歲的女兒管船隻。我們終日很忙碌，再沒有談天的工夫。來客也不少，有送行的，有拿東西的，有送行兼拿東西的。待到傍晚我們上船的時候，這老屋裡的所有破舊大小粗細東西，已經一掃而空了。

我們的船向前走，兩岸的青山在黃昏中，都裝成了深黛顏色，連著退向船後梢去。

宏兒和我靠著船窗，同看外面模糊的風景，他忽然問道：

「大伯！我們什麼時候回來？」

「回來？你怎麼還沒有走就想回來了。」

「可是，水生約我到他家玩去咧……」他睜著大的黑眼睛，痴痴的想。

我和母親也都有些惘然，於是又提起閏土來。母親說，那豆腐西施的楊二嫂，自從我家收拾行李以來，本是每日必到的，前天伊在灰堆裡，掏出十多個碗碟來，議論之後，便定說是閏土埋著的，他可以在運灰的時候，一齊搬回家裡去；楊二嫂發現了這件事，自己很以爲功，便拿了那狗氣殺（這是我們這裡養雞的器具，木盤上面有著柵欄，內盛食料，雞可以伸進頸子去啄，狗卻不能，只能看著氣死），飛也似的跑了，虧伊裝著這麼高低的小腳，竟跑得這樣快。

老屋離我愈遠了；故鄉的山水也都漸漸遠離了我，但我卻並不感到怎樣的留戀。我只覺得我四面有看不見的高牆，將我隔成孤身，使我非常氣悶；那西瓜地上的銀項圈的小英雄的影像，我本來十分清楚，現在卻忽地模糊了，又使我非常的悲哀。

母親和宏兒都睡著了。

我躺著，聽船底潺潺的水聲，知道我在走我的路。我想：我竟與閏土隔絕到這地步了，但我們的後輩還是一氣，宏兒不是正在想念水生麼。我希望他們不再像我，又大家隔膜起來……然而我又不願意他們因爲要一氣，都如我的辛苦展轉而生活，也不願意他們都如閏土的辛苦麻木而生活，也不願意都如別人的辛苦恣睢❹而生活。他們應該有新的生活，爲我們所未經生活過的。

我想到希望，忽然害怕起來了。閏土要香爐和燭臺的時候，我還暗地裡笑他，以爲他總是崇拜偶像，什麼時候都不忘卻。現在我所謂希望，不也是我自己手製的偶像麼？只是他的願望切近，我的願望茫遠罷了。

我在朦朧中，眼前展開一片海邊碧綠的沙地來，上面深藍的天空中掛著一輪金黃的圓月。我想：希望本是無所謂有，無所謂無的。這正如地上的路；其實地上本沒有路，走的人多了，也便成了路。

❶可能指獾。

❷音亮，陷阱。

❸鬼見怕、觀音手皆方言貝類名。

❹放縱，典出《戰國策》。

故事的背後

魯迅五十歲生日照，攝於一九三〇年。

魯迅（一八八一～一九三六），原名周樹人，字豫才，浙江紹興人。他是中國新文學第一位小說家，也是影響最大的作家。說他是第一位，指的是他第一個經由小說深刻地思考中國人的精神生活。他的《狂人日記》沉痛地揭出了中國文化中「禮教吃人」的主題。這主題不管是贊成還是反對，都成為中國走向現代化必須思考的問題。因此，他的小說幾乎都有著嚴肅的命題，激發出思想面的思考。特別是《阿Q正傳》，更成為一種代表典型。他重要的作品在小說集方面有《吶喊》《徬徨》《故事新編》，散文方面有《野草》《朝花夕拾》，雜文方面有《三閒集》《二心集》《且介亭雜文》等，學術著作有《中國小說史略》。他的著作影響很大，被人（特別是左派作家）奉為文壇領袖。討論他的書以李長之的《魯迅評傳》、鄭學稼的《魯迅正傳》最值得參考。

這篇〈故鄉〉是魯迅早期小說的一篇。經一篇返鄉的歷程，讓人見到中國農村的破敗。這一農村的景象事實上也是鴉片戰爭後中國農村的普遍事實。由於西方列強的進逼，由於西方工業革命所帶來的經濟發展對落後國家的巨大干擾，遂使得世界上廣大亞洲、非洲、拉丁美洲的人民遭到一波又一波的傷害，而經濟落後產生的貧窮，更從根本上破壞了精神狀態。這情況可以說是自十八世紀以來弱小國家文學的主題。

在這篇小說中，人們的生活都是那麼絕望和悲苦，這些更摧殘了人與人心靈的距離。魯迅敘述他和童年玩伴閏土的相會，尤其令人心中打上寒顫。當然作者內心的悲苦更是深厚的，這不僅是對自己故鄉的悲苦，也是對整個中國的悲苦，甚至可以說是對整個人類的悲苦。這一悲苦正是魯迅小說一脈相承的主題。

雖然悲苦，但仍然懷抱絕望式的希望往前探索。他說：「我想：本是無所謂有，無所謂無的。這正如地上的路；其實地上本沒有路，走的人多了，也就成了路。」這要更多的耐心，更大的努力。魯迅最喜歡屈原的兩句詩，是有道理的，那就是：「路曼曼而脩長兮，吾上下其求索。」

一桿「稱仔」

賴和作

鎮南威麗村裡，住的人家，大都是勤儉、耐苦、平和、從順的農民。村中除了包辦官業的幾家勢豪，從事公職的幾家下級官吏，其餘都是窮苦的佔多數。

村中，秦得參的一家，尤其是窮困得慘痛，當他生下的時候，他父親早就死了。他在世，雖曾贌❶得幾畝田地耕作，他死了後，只剩下可憐的妻兒。若能得到業主的恩恤，田地繼續租給他們，雇用工人替他們種作，猶可得稍少利頭，以維持生計。但是富家人，誰肯讓他們的利益，給人家享。若然就不能成其富戶了。所以業主多得幾斗租穀，就轉贌給別人。他父親在世，汗血換來的錢，亦被他帶到地下去。他母子倆的生路，怕要絕望了。

鄰右看她母子倆的孤苦，多爲之傷心，有些上了年紀的人，就替他們設法，因爲餓死已經不是小事了。結局因鄰人的做媒，他母親就招贅一個夫婿進來。本來做後父的人，很少能體恤前夫的兒子。他後父，把他母親亦只視作一種機器，所以得參，不僅不能得到幸福，又多挨些打罵，他母親因此和後夫就不十分和睦。

幸他母親，耐勞苦、會打算，自己織草鞋、畜雞鴨、養豬，辛辛苦苦，始能度那近於似人的生活。好容易，到得參九歲的那一年，他母就遣他，去替人家看牛，做長工。這時候，他後父已不大顧到家內，雖然他們母子倆，自己的勞力，經已可免凍餒的威脅。

得參十六歲的時候，他母親教他辭去了長工，回家裡來，想贌幾畝田耕作，可是這時候，贌田就不容易了。因爲製糖會社，糖的利益大，雖農民們受過會社刻虧❷、剝奪，不願意種蔗，會社就加上「租聲」❸向業主爭贌，業主們若自己有利益，那管到農民的痛苦，田地就多被會社贌去了。有幾家說是有良心的業主，肯贌給農民，亦要同會社一樣的「租聲」，得參就贌不到田地。若做會社的勞工呢？有同牛馬一樣，他母親又不肯，只在家裡，等著做些散工。因他的氣力大，做事勤敏，就每天有人喚他工作，比較他做長工的時候，勞力輕省，得錢又多。又得他母親的刻儉，漸積下些錢來。光陰似矢，容易地又過了三年。到得參十八歲的時候，他母親唯一未了的心事，就是爲得參娶妻。經她艱難勤苦積下的錢，已夠娶妻之用，就在村中，娶了一個種田的女兒。幸得過門以後，和得參還協力，到田裡工作，不讓一個男人。又值年成好，他一家的生計，暫不覺得困難。

得參的母親，在他二十一歲那年，得了一個男孫子，以後臉上已見時現著笑容，可是亦已衰老了。她心裡的欣慰，使她責任心亦漸放下，因爲做母親的義務，經已克盡了。但二十年來的勞苦，使她有限的肉體，再不能支持。亦因責任觀念已弛，精神失了緊張，病魔遂乘虛侵入，病臥幾天，她面上現著十分滿足、快樂的樣子歸到天國去了。這時得參的後父，和他只存了名義上的關係，況他母已死，就各不相干了。

可憐的得參，他的幸福，已和他慈愛的母親，一併失去。

翌年，他又生下一女孩子。家裡頭因失去了母親，須他妻子自己照管，並且有了兒子的拖累，不能和他出外工作，進款就減少一半，所以得參自己不能不加倍工作，這樣辛苦著，過有四年，他的身體，就因過勞，伏下病根。在早季收穫的時候，他患著瘧疾，病了四、五天，才診過一次西醫，花去兩塊多錢，雖則輕快些，腳手尙覺乏力，在這煩忙的時候，而又是勤勉的得參，就不敢閒著在家裡，亦即耐苦到田裡去。到晚上回家，就覺得有點不好過，睡到夜半，寒熱再發起來，翌天已不能離床，這回他不敢再請西醫診治了。他心裡想，三天的工作，還不夠吃一服藥，哪得那麼些錢花？但亦不能放他病著，就煎些不用錢的青草，或不多花錢的漢藥服食。雖未全部無效，總隔兩三天，發一回寒熱，經過有好幾個月，才不再發作。但腹已很脹滿。有人說，他是吃過多的青草致來的，有人說，那就叫脾腫，是吃過西藥所致。在得參總不介意，只礙不能工作，是他最煩惱的所在。

當得參病的時候，他妻子不能不出門去工作，只有讓孩子們在家裡啼哭，和得參呻吟聲相和著。一天或兩餐或一餐，雖不至餓死，一家人多陷入營養不良，尤其是孩子們，猶幸他妻子不再生育……

一直到年末。得參自己，才能做些輕的工作，看看「尾衙」到了，尚找不到相應的工作，若一至新春，萬事停辦了，更沒有做工的機會，所以須積蓄些新春半個月的食糧，得參的心裡，因此就分外煩惱而恐惶了。

末了，聽說鎮上生菜的販路很好。他就想做這項生意，無奈缺少本錢，又因心地坦白，不敢向人家告借，沒有法子，只得教他妻到外家❹走一遭。

一個小農民的妻子，那有闊的外家，得不到多大幫助，本是應該情理中的事，總難得她嫂子，待她還好，把她唯一的裝飾品——一根金花——借給她，教她去當舖裡，押幾塊錢。暫作資本，這法子，在她當得帶了幾分危險，其外又別無法子，只得從權了。

一天早上，得參買一擔生菜回來，想吃過早飯，就到鎮上去，這時候，他妻子才覺到缺少一桿「稱仔」（秤）。「怎麼好？」得參想，「要買一桿，可是官廳的專利品，不是便宜的東西，哪兒來得錢？」她妻子趕快到隔鄰去借一桿回來，幸鄰家的好意，把一桿尚覺新新的借來。因爲巡警們，專在搜索小民的細故，來做他們的成績，犯罪的事件，發現得多，他們的高昇就快。所以無中生有的事故，含冤莫訴的人們，向來是不勝枚舉。什麼通行取締、道路規則、飲食物規則、行旅法規、度量衡規紀，舉凡日常生活中的一舉一動，通在法的干涉、取締範圍中。——她妻子爲慮萬一，就把新的「稱仔」借來。

這一天的生意，總算不壞，到市散，亦賺到一塊多錢，他就先糴些米，預備新春的糧食。過了幾天糧食足了，他就想，「今年家運太壞，明年家裡，總要換一換氣象才好，第一廳上奉祀的觀音畫像，要買新的，同時門聯亦要換，不可缺的金銀紙、香燭，亦要買。」再過幾天，生意屢好，他又想炊❺一灶年糕，就把糖米買回來。他妻子就忍不住，勸他說：「剩下的錢積積下，待贖取那金花，不是更要緊嗎？」得參回答說：「是，我亦不是把這事忘卻，不過今天才廿五，那筆錢不怕賺不來，就賺不來，本錢亦還在。當舖裡遲早，總要一個月的利息。」

一晚市散，要回家的時候，他又想到孩子們。新年不能有件新衣裳給他們，做父親的義務，有點不克盡的缺憾，雖不能使孩子們享到幸福，亦須給他們一點喜歡。他就剪了幾尺花布回去。把幾日來的利益，一總花掉。

這一天近午，一下級巡警，巡視到他擔前，目光注視到他擔上的生菜，他就殷勤地問：

「大人，要什麼不要？」

「汝的貨色比較新鮮。」巡警說。

得參接著又說：

「是，城市的人，總比鄉下人享用，不是上等東西，是不合脾胃。」

「花菜賣多少錢？」巡警問。

「大人要的，不用問價，肯要我的東西，就算運氣好。」參說。他就擇幾莖好的，用稻草貫著，恭敬地獻給他。

「不，稱稱看！」巡警幾番推辭著說。誠實的參，亦就掛上「稱仔」稱一稱，說：

「大人，眞客氣啦！才一斤十四兩。」本來，經過秤稱過，就算買賣，就是有錢的交關，不是白要，亦不能說是贈與。

「不錯吧？」巡警說。

「不錯，本有兩斤足，因是大人要的……」參說。這句話是平常買賣的口吻，不是贈送的表示。

「稱仔不好吧，兩斤就兩斤，何須打扣？」巡警變色地說。

「不，還新新呢！」參泰然地回答。

「拿過來！」巡警赫怒了。

「稱花（度目）還很明瞭。」參從容地捧過去說。巡警接在手裡，約略考察一下說：

「不堪用了，拿到警署去！」

「什麼緣故？修理不可嗎？」參說。

「不去嗎？」巡警怒叱著。「不去？畜生！」撲的一聲，巡警把「稱仔」打斷擲棄，隨抽出胸前的小帳子❻，把參的名姓、住處，記下。氣憤憤地，回警署去。

參突遭這意外的羞辱，空抱著滿腹的憤恨，在擔邊失神地站著。等巡警去遠了，才有幾個閑人，近他身邊來。一個較有年紀的說：「該死的東西，到市上來，只這規紀亦就不懂？要做什麼生意？汝說幾斤幾兩，難道他的錢汝敢拿嗎？」

「難道我們的東西，該白送給他的嗎？」參不平地回答。

「唉！汝不曉得他的厲害，汝還未嘗到他青草膏❼的滋味。」那有年紀的嘲笑地說。

「什麼？做官的就可任意凌辱人民嗎？」參說。

「硬漢！」有人說。眾人議論一回、批評一回，亦就散去。

得參回到家裡，夜飯前吃不下，只悶悶地一句話不說。經他妻子殷勤的探問，才把白天所遭的事告訴給她。

「寬心吧！」妻子說，「這幾天的所得，買一桿新的還給人家，剩下的猶足贖取那金花回來。休息吧，明天亦不用出去，新春要的物件，大概準備下，但是，今年運氣太壞，怕運裡帶有官符，經這一回事，明年快就出運，亦不一定。」

參休息過一天，看看沒有什麼動靜，況明天就是除夕日，只剩得一天的生意，他就安坐不來，絕早挑上菜擔，到鎮上去。此時，天色還未大亮，在曉景朦朧中，市上人聲，早就沸騰，使人愈感到「年華垂盡，人生頃刻」的悵惘。

到天亮后，各擔各色貨，多要完了，有的人，已收起擔頭，要回去圍爐，過那團圓的除夕，償一償終年的勞苦，享受著家庭的快樂。當這時參又遇到那巡警。

「畜生，昨天跑那兒去？」巡警說。

「什麼？怎得隨便罵人？」參回說。

「畜生，到衙門去！」巡警說。

「去就去呢，什麼畜生？」參說。

巡警瞪他一眼便帶他上衙門去。

「汝秦得參嗎？」法官在座上問。

「是，小人，是。」參跪在地上回答說。

「汝曾犯過罪嗎？」法官。

「小人生來將三十歲了，曾未犯過一次法。」參。

「以前不管他，這回違犯著度量衡規則。」法官。

「唉！冤枉啊！」參。

「什麼？沒有這樣事嗎？」法官。

「這事是在冤枉的啊！」參。

「但是，巡警的報告，總沒有錯啊！」法官。

「實在冤枉啊！」參。

「既然違犯了，總不能輕恕，只科罰汝三塊錢，就算是格外恩典。」官。

「可是，沒有錢，」參。

「沒有錢，就坐監三天，有沒有？」官。

「沒有錢！」參說，在他心裡的打算：新春的閒時節，監禁三天，是不關係什麼，還是三塊錢的用處大，所以他就甘心去受監禁。

參的妻子，本想洗完了衣裳，才到當舖裡去，贖取那根金花。還未曾出門，已聽到這凶消息，她想：在這時候，有誰可央托，有誰能爲她奔走？愈想愈沒有法子，愈覺傷心，只有哭的一法，可以少舒心裡的痛苦，所以，只守在家裡哭。後經鄰右的勸慰、教導，才帶著金花的價錢，到衙門去，想探探消息。

鄉下人，一見巡警的面，就怕到五分，況是進衙門裡去，又是不見世面的婦人，心裡的驚恐，就可想而知了。她剛跨進郡衙的門限，被一巡警的「要做什麼」的一聲呼喝，已嚇得倒退到門外去，幸有一十四來歲的小使[8]，出來查問，她就哀求他，替伊探查，難得那孩子，童心還在，不會倚勢欺人，誠懇地，替伊設法，教她拿出三塊錢，代繳進去。

「才監禁下，爲什麼就釋出來？」參心裡，正在懷疑地自問。出來到衙前，看著她妻子。

「爲什麼到這兒來？」參對著妻子問。

「聽……說被拉進去……」她微咽著聲回答。

「不犯到什麼事，不至殺頭怕什麼。」參怏怏地說。

他們來到街上，市已經散了，處處聽到「辭年」的爆竹聲。

「金花取回未？」參問她妻子。

「還未曾出門，就聽到這消息，我趕緊到衙門去，在那兒繳去三塊，現在還不夠。」妻子回答他說。

「唔！」參恍然地發出這一聲就拿出早上賺到的三塊錢，給他妻子說：「我挑擔子回去，當舖怕要關閉了，快一點去，取出就回來吧。」

「圍過爐」，孩子們因明早要絕早起來「開正」各已睡下，在作他們幸福的夢。參尚在室內踱來蹀去。經他妻子幾次的催促，他總沒有聽見似的，心裡只在想，總覺有一種，不明瞭的悲哀，只不住漏出幾聲的嘆息，「人不像個人，畜生，誰願意做。這是什麼世間？活著倒不若死了快樂。」他喃喃地獨語著，忽又回憶到他母親死時，快樂的容貌。他已懷抱著最后的覺悟。

元旦，參的家裡，忽譁然發生一陣叫喊、哀嗚、啼哭。隨后，又聽著說：「什麼都沒有嗎？」「只『銀紙』備辦在，別的什麼都沒有。」

同時，市上亦盛傳著，一個夜巡的警吏，被殺在道上。

這一幕悲劇，看過好久，每欲描寫出來，但一經回憶，總被悲哀填滿了腦袋，不能著筆。近日看到法朗士的克拉格比，才覺這樣事，不一定在未開的國裡，凡強權行使的地上，總會發生，遂不顧文字的陋劣，就寫出給文家批判。

❶租。
❷苛待。
❸租金。
❹娘家。
❺蒸。
❻小記事本。
❼拷打。
❽日語，工友。

故事的背後

賴和像，拍攝年代不詳。

這是台灣新文學的導師賴和先生的作品。賴和先生生於一八九四年，逝世於一九四三年。他是彰化人，原名賴癸河，另有筆名賴雲、安都生等。他的一生都處於日本統治時代，曾多次入獄。青年時代曾到廈門行醫，接觸到五四運動風潮，使他認識到文學與社會的息息相關，對台灣所處的現實環境有深刻的反省，也痛徹肺腑地感到身為殖民地人民的悲哀。於是他不但參加台灣人民的政治活動，更加入台灣文化協會，推動台灣新文學運動。楊逵等人都曾親身受到他的鼓勵。台灣人對他的尊敬和懷念是一刻未曾止息的。

他的這篇〈一桿「稱仔」〉是台灣人民反抗日本殖民地統治的聲音，也是台灣文學最具代表意義的作品。

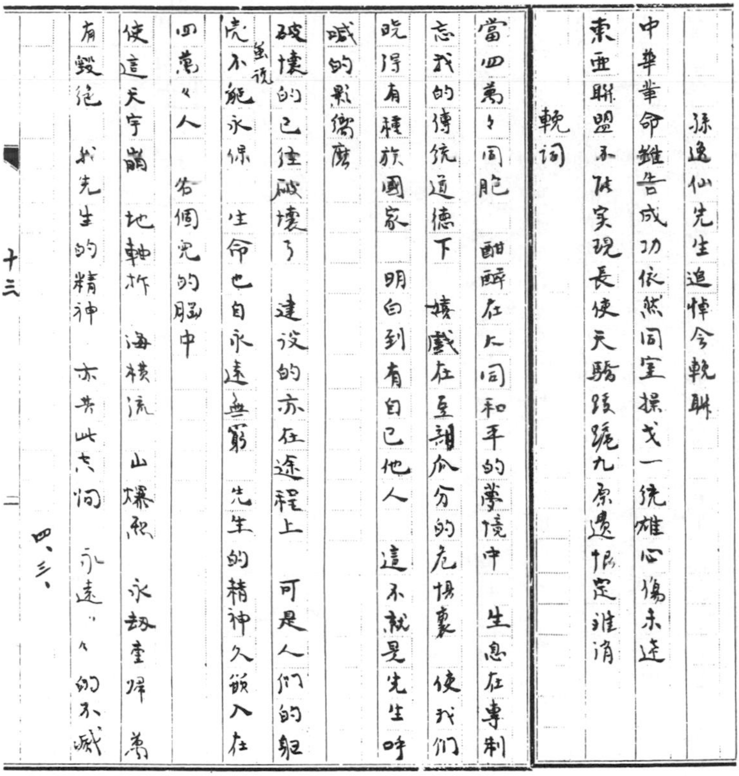

孫逸仙先生追悼會輓聯

中華革命雖告成功依然同室操戈一統雄心傷未遂

東亞聯盟不能實現長使天驕跋扈九原遺恨定誰消

輓詞

當四萬々同胞　酣醉在大同和平的夢境中　生息在專制忘我的傳統道德下　嬉戲在互相瓜分的危場裏　使我們曉得有種族國家　明白到有自己他人　這不就是先生呼喊的影響麼

破壞的已經破壞了　建設的亦在途程上　可是人們的軀殼雖說不能永保　生命也自永遠無窮　先生的精神久嵌入在四萬々人　各個兒的腦中

使這天宇崩　地軸折　海橫流　山爆飛　永劫塵埋　萬有毀絕　我先生的精神　亦共此空間　永遠々々的不滅

四、三、

十三

賴和手跡，孫逸仙先生追悼會輓聯。

在寒風裡

郁達夫作

一

「老東家——你母親——年紀也老了，這一回七月裡你父親做七十歲陰壽的時候，他們要寫下分單來分定你們弟兄的產業，帖子早已發出，大娘舅，二娘舅，陳家橋的外公，范家村的大先生，阿四老頭，都在各幫各親人的忙，先在下棋佈局，爲他們自己接近的人出力。你的四位哥哥，也在日日請酒探親、送禮、拜客。和尚，我是曉得你對這些事情都不願意參與的，可是五嫂和她的小孩們，將來教她們吃什麼呢？她們娘家又沒有什麼人，族裡的長房家長，又都對你很不滿意的。只有我這一個老不死，雖然看不過他們的黑心，雖在日日替你和五嫂抱不平，但一個老長工，在分家的席上，那裡有一句話說。所以無論如何，你接到這一封信後，總要馬上回來，來趕七月十二日那一天陰壽之期。他們那一群豺狼，當了你的面，或者也會客氣一點。五嫂是曉得你的脾氣，知道你不耐煩聽到這些話的，所以教我信也不必去發。但眼見得死了的老東家最疼愛的你這一房，來要弄的飯都吃不成，那我也對不起死了的老東家你的父親，這一封信是我私下教東門外的測字先生寫的，怕你沒回來的路費，我把舊年年底積下來約五塊錢封在裡頭，接到這一封信之後，請你千萬馬上就回來。」

這是我們祖父裡用下來的老僕長生寫給我的那封原信的大意。但我接到信，是剛在長江北岸揚州城外的一個山寺裡住下時候，已在七月十二那一天父親的陰壽之期之後了。

自己在這兩三年，輾轉流離，老是居無定所。尤其是今年入春以後，因為社會的及個人的種種關係，失去了職業，失去了朋友親戚還不算稀奇，簡直連自己的名姓，自己的生命都有失去的危險，所以今年上半年中遷徙流寓的地方比往常更是不定，因而和老家的一段藕絲似的關係也幾乎斷絕了。

長生的那封用黃書紙寫的厚信封面上，寫的地址原是我在半年以前住一個月的上海鄉下的一處地方。其後至松江，至蘇州，至青島，又回到上海，到無錫，到鎮江，到揚州，直到陰曆的八月盡頭方在揚州鄉下的那山寺裡住下，打算靜息一息之後，再作雲遊的計畫的。而秋風涼冷，樹葉已蕭蕭索索地在飛掉下來，江北的天氣，早就變成了殘秋的景象了，可憐忠直的長生的那封書札，也像是懷著一種義勇的精神，爲追趕我這沒出息的小主人的原因，也竟自南而北，自北而南，不知走盡了幾千里路，這一回又自上海一程一程的隨車北上，直到距離他發信之日有兩個多月的時間之後，方繞到了我的手裡。信封上的一張一張的附箋，和因轉遞的時日大久，而在信封自然發生的一條一條的縐痕，都像是那老僕的吶吶吐說不清的半似愛惜半似責難的言語，我於接到他那封厚信的時候，眞的感到了一種不可以命名的怯懼，有好一晌不敢把它打開來閱讀它的內容。

對信封面呆視了半天，心裡自然而然的湧起了許多失悔告罪之情，又朦朦朧朧地想起了些故鄉的日常生活，和長生平時的言詞舉止的神情之後，膽子一大，我的雙眼雖則釘住那幾張粗而且黃的信紙之上：然而腦裡卻正同在替信中的言詞畫上濃厚的背景去的一樣，盡在展開歷來長生對我們一族的關係的各幅縮寫圖來。

長生雖然是和我們不同姓的一個外鄉人，但我們家裡六十年來的悲歡大事，總沒有一次他是不在場的。他跟他的父親上我們屋裡來做看牛的牧童的時候，我父親還剛在鄉塾裡唸書，我的祖父母還健在著哩。其後我們的祖父死了，祖母爲他那獨養兒子娶媳婦——就是我們的母親——之先，就把她手下的一個使婢配給了他，他們倆口兒仍然和我們在一道住著。後來父親娶了我們母親，我們弟兄就一個一個的生下來了，而可憐的長生，在結婚多年之後，於生頭一個女兒的時候，他的愛妻卻在產後染了重病，和他就成了死別。他把女兒抱回到了自己鄉下去後，又仍然在我們家裡做工。一年一年的過去，他看見了我們弟兄五人的長成，看見了我們父親祖母的死去，又看見了我們弟兄的娶婦生兒，而他還是和從前一樣的在我們家裡做工。現在第三代已經長成了，他的女兒已經嫁給我們附近的一家農家的一位獨身者做媳婦，生下了外孫了，仍舊還在我們家裡做工。

他生性是笨得很的，連幾句極簡單的話都述說不清，因此他也不大歡喜說話，而說出一句話來的時候，總是毒得不得了，堅決得不得了的。他高粗的身體和強大的氣力，卻與此相反，是什麼人見了也要生怕懼之心的，所以平時他雖則總是默默不響，由你們說笑話嘲弄他，但等他的脾性一發作，那他就不問輕重，不管三七二十一，無論什麼重大的物事如搗臼磨石之類，他都會抓著擎起，合頭蓋腦的打上你的身來。可是在這樣的毒脾氣發了之後，等彌天的大禍闖出了之後，不多一會，他就會像三歲的小孩子一樣，流著眼淚，合掌拜倒在你的面前，求你的寬恕，乞你的饒赦，直到你破顏一笑，仍再和他和解了的時候爲止。像這樣愚笨無靈的他，大家見了他那種彷彿是吃了一驚似的表情，大概總要猜想他是一個完全沒有神經，沒有感情的人了，可是事實上卻又不然。

他在他那位愛妻死了的時候，一時大家都以爲他是要發瘋而死的了。他的兩眼是呆呆向前面的空處在直視的，無論坐著立著的時候，從旁邊看將起來，總好像他是在注視著什麼的樣子，你只須靜守著他五分鐘的時間，他隨這五分鐘之內，臉上會一時變喜，一時變憂的變好幾回。並且在這中間，不管他旁邊有沒有人在，他會一個人和人家談話似的高聲獨語起來。有時候簡直會像小孩子似的譁的一聲高哭出來。眼淚流滿了頰，流上了他的那兩簇捲曲黃黑的鬍子，他也不想去擦一擦，所以亮晶晶的淚滴，老是像珍珠似的掛在鬍子角上的。有時候在黑夜裡，他的獨語一陣，高哭一陣之後，就會從床上跳起身來，輕輕開了大門，一個人跑出去，跑出去十幾里路，上北鄉我們的那座祖墳山邊上他那愛妻的墓上去坐到天明。像這樣狀態，總繼續了半年的樣子，後來在寒冬十二月的晚上，他冒著風雪，這樣的去坐了一宵，回來就得了一場大病。大病之後，他的思念愛妻之情，似乎也淡薄下去了。

可是直到今日，你若提起一聲夏姑——這是他愛妻的名字——他就會坐下來夏姑長夏姑短的和你說許許多多的廢話。

第二次他的發瘋，是當我父親死的那一年。大約因我父親之死，又觸動了他對愛妻悲悼之情了吧，他於我父親亡後，哭叫了幾天還不足，竟獨自一個人上墳山腳下的那座三開間大的空莊屋裡住了兩個多月。

在最近的——雖說是最近，但也已經是六、七年前的事情了——我們祖母死的時候，照理他是又該發瘋的，但或者因爲看見死的場面已經看慣了的原因吧，他的那一種瘋症竟沒有發作。不過在替祖母送葬的那一天他悲悲切切的在路上哭送了好幾里路。

在這些生死大難之間，或者是可以說感情易動的，倒還不足以證實他的感情纖弱來，最可怪的，是當每年的冬天，我們不得不賣田地房屋過年的時候，他也總要像瘋了似的亂罵亂嚷，或者竟自朝至晚一句話也不講的死守著沉默地過過幾天日子。

因爲他這種種不近人情的結果，所以在我們鄉裡竟流行開了一個他的玩家綽號，「長生顚子」這四個字，在我們鄰近的各鄉裡，差不多是無人不識的。可是這四個字的含義，也並不完全係譏笑他的意思。有一半還是指他的那種對東家盡心竭力的好處在講，有一半卻是形容他的那種怪脾氣和他的那一副可笑的面容了，這一半當然是對他的譏笑。

說到他的面容，也實在太醜陋了。一張扁平的臉，上面只看得出大小不同的空洞，下面只看得出幾簇黃色的手。兩個空洞，就是他的眼睛，同圓窗似的，他這兩隻眼睛，左右眼的大小是不同的。右眼比左眼要大三分之一，圓圓的一個眶裡，只見有黑眼珠在那裡放光，眼白是很少的，不過在外圍邊上有狹狹的一線而已。他的黃鬍子也生的奇怪，平常的人總不過在唇上唇下，或者會生兩排長鬍，而他的鬍子卻不然。正常嘴唇之上，他是沒有鬍子的，嘴唇角上有洋人似約兩簇，此外在頰骨上，一直連到喉頭，這兒一叢，那兒一簇的不曉得有多少堆，活像是玉蜀黍頭上生在那裡的鬚毛。

他的皮色是黑裡帶紫的，臉皮上一個個的毛孔很大很深，近一點看起來，幾乎要懷疑他是一張麻臉。鼻頭是扁平的朝天鼻，那張嘴又老是吃了一驚似的張開在那裡的。因爲他的面相是這樣，所以我們鄉下若打算騙兩三歲的小孩要他害怕的時候，只教說一聲「長生顛子來了」就對，小孩們聽了「長生顛子」這四個字，在哭的就會止住不哭，不哭的或者會因害怕而哭起來。可是這四個字也並不是專在這壞的地方用的，有時候鄉下的幫傭者下對人家的太出力的長工有所非難不滿的時候，就會說「你又不是長生顛子，要這樣的幫你們東家幹什麼？」

我在把長生的來信一行一行地讀下去的中間，腦裡盡在展開以長生爲中心的各種悲喜的畫幅來。不管是什麼原因，對於長生的所以要寫那封信給我的主要動機，就是關於我們弟兄分產的事情等，我卻並不願多費一點思索。後來讀到了最後一張，捏到了重重包在黃書紙裡的那張中國銀行約五元舊鈔票的時候，不曉怎麼，我卻忽而覺得心裡有點痛起來了。可憐又無知的長生，他竟把這從節衣節食中積起來約五塊錢寄給我了，並且也不開一張匯票，也不作一封掛號或保險信寄。萬一這一封信失去，或者中途被拆的時候，那你又怎麼辦呢？我想起了這一層，又想起了四位哥哥對於經濟的得失那麼會精明的計算，並且一張開起眼睛來看看寺檐頭風雲慘澹的山外的天空，茫然自失，竟不知不覺的呆坐到了天黑。等寺裡的小和尚送上燈來，叫我去吃晚飯的時候，我的這一種似甘又苦的傷感情懷，還沒有完全脫盡。

那一晚上當然是一晚沒有睡著。我心裡顚顚倒倒，想了許多事情。

自從離開故鄉以來，到現在已經有十六、七年了，這中間雖然也回去過幾次，雖也時常回家去小住，然而故鄉的這一個觀念，和我現在的生活卻怎麼也生不出關係來。當然老家的田園舊業，也還有一點剩在那裡，然而弟兄五人，個個都出來或唸書或經商，用的錢是公眾的，賺的錢是私己的，到了現在再說分家析產，還有點什麼意義呢？並且像我這樣的一個沒出息的兒子，到如今花的家裡的錢也已經不少了。末了難道去多爭一畝田多奪一間屋來養老嗎？弟兄的爭產，是最可羞的一件事情，況且我由家庭方面，族人方面，和養在家裡的兒女方面說起來，都是一個不能治產的，沒有戶主資格的人，哪裡還有面目去和鄉人見面呢？一想到這裡，我覺得長生的這一封信不能及時送到，倒是上帝有靈，彷彿是故意使我避過一場爲難的大事似的。想來想去，想到了半夜，我就挑燈起來，寫了一封回信，打算等天亮之後就跑到城裡去寄出。

「讀了長生的來信，使我悲痛得很。我不幸，不能做官發財，只曉得使用家裡的金錢，到現在也還沒有養活老婆兒子的能力。分家的席上，不管他們有沒有分給我，我也絕沒有面目來多一句嘴的。幸喜長生來信到此已經是在分家的期後，倒使我免去了一種爲難的處置。無論如何，我想分剩下來，你們幾口的吃住問題總可以不擔心思的，有得分就分一點，沒得分也罷了，你們可以到墳莊去安身，以祭田作食料的。我現在住在揚州鄉下，一時不能回來。長生老了，若沒有人要他去靠老，可以教他和我們同住。孤伶仃一個人，到現在老了，教他上那裡安身呢？我現在身體還好，請你們也要保重，因爲窮人的財產就是身體。」……

這是我們那封回信的大意，當然是寫給我留養在家中的女人的。回信發後，這一件事情也就忘記了。並且天氣也接連著晴了幾天，我倒得了一個遊逛的機會，凡天寧門廣儲門以北，及出西北門二、三十里的境內，各名勝的殘蹟，都被我搜訪到了。

二

寒空裡颳了幾日北風，本來是荒涼的揚州城外，又很急速的變了一副面相。黃沙彌望的山野之間，連太陽曬著的時候都不能使人看出一點帶生氣的東西來。早晨從山腳下走過向城裡運搬產物的騾兒項下的那些破碎的鐵鈴，又「塔蘭」、「塔蘭」響得異常的淒寂，聽起來眞彷彿是在大漠窮荒，一個人百無聊賴地伏臥在穹廬帳底，在度謫居的歲月似的。尤其是當燈火青熒的晚上，在睡不著的中間，倚枕靜聽著北風吹動寺檐的時候，我的喜歡熱鬧的心，總要渴望著大都會之夜的快樂不已。這對我一時已如同入葬在古墓堆裡似的平靜的生活，又生起厭倦之心來了。正在這一個時候，我又接到了一封從故鄉寄來的回信。

信上說的很簡單，大旨是在告訴我這一回分家的結果的。我的女人和小孩，已搬上墳莊去住了，田地分得了一點，此外就是一筆現款，係由這一次的出賣市房所得的，每房各分得了八百元。這八百元款現在還存在城裡的聚康莊內，問我要不要用。母親和二房同住，仍在河口村的老屋裡住著。末了更告訴我說，若在外邊沒有事情，回家去一趟看看老母也是要緊的，她老人家究竟年紀老了，近來時常在患病。

接到這一封信，我不待第二次的思索，就把山寺裡的生活作了一個結束。第二天早晨一早，就辭別了方丈，走下山來，從福運門外搭汽車趕到江邊，還是中午的時候，過江來吃了一點點心，坐快車到上海北站，正是滿街燈火，夜正方酣的黃昏八、九點之交。我雇了一輛汽車，當夜就上各處去訪問了幾位直到現在還和我保持著友誼的朋友，告訴他們我這幾個月的寂寞生活，並且告訴他們我想再到上海附近來居住的意思。

朋友中間的一位，就爲我介紹了一間在虹橋路附近的鄉下的小屋，說這本來是他的一位有錢的親戚，造起來作養病之所的，但等這小屋造好，病人已經入了病院，不久便死去了。他們家裡的人到現在還在相信這小屋的不利，所以沒有人去居住。假若我不嫌寂寞，那無論什麼時候，都可以搬進去住的，我聽了他的說明，就一心決定了去住這一間不利的小屋，因而告訴他在這兩三天內，想回故鄉去看看老母，等看了老母馬上就打算搬到這一間鄉下的閑房住，請他在這中間，就將一切的交涉爲我代辦辦好。此外又談了許多不關緊要的閑天，並上兩三家舞場去看了一回熱鬧。到了後半夜才和他們分了手，並在北站的一家旅館內去借宿一宵。

兩天之後，我又在回故鄉的途上了。可是奇怪得很，這一回的回鄉，胸中一點兒感想也沒有。連在往年正當回鄉去的途中老要感到的那一種「我是落魄了回來的」感傷之情都興不起來。

當午前十一點的時候，船依舊同平日一樣似的在河口村靠了岸，一個人也飄然從有太陽曬著的野道上，走回到那間朝南開著大門的老屋裡去。因爲近中午的緣故，路上也很少遇見有認識的人。我舉起了很輕的腳步，嘴裡還尖著嘴唇在吹著口笛，舒徐緩慢，和剛離開家裡上近村去了一次回來的人似的在走回家去。

走到圍在房屋外的竹籬笆前，一切景象，還都和十幾年前的樣子一樣。庭前的幾棵大樹，屋後的一排修竹，黑而且廣的那一圈風火圍牆，大門上的那一塊「南極呈祥己」青石門楣，都還和十幾年前的樣子一點兒也沒有分別。直到我走盡了外圍隙地，走入了大門之後，我的腳步不知不覺地停住了。大廳上一個人影也沒有。本來是掛在廳前四片的那些字畫對聯屏條之類，都不知上那裡去了。從前在廳上擺設著的許多紅木家具，兩扇高大的大理石圍屏，以及錫製的燭台掛燈之類，都也失去了蹤影，連天井角兩隻金魚大缸都不知去向了。

空空的五開間的這一間廳屋，只剩了幾根大柱和一堆一眼看起來原來不大清爽的板凳小木箱之類的東西堆在西首上面的廳角，大門口，天井裡，同正廳的簷下原有太陽曬在那裡的，但一種莫名其妙的冷氣突然間侵襲上我的全身。這一種衰敗的樣子，這一幅沒落的景象，實在太使我驚異了。我呆立了一陣，從廳後還是沒有什麼人出來，再舉起眼睛來看了看四周，我眞想背轉身子舉起腳步來跑走了。

但當我的視線再落到西首廳角落裡的時候，一個紅木製的像小櫃似的匣子背影，卻從亂成一堆粗木器的中間吸住了我的注意，從這匣子的朝裡一面的面上波形擺在那裡的裝飾看起來，一望就可以斷定它是從前掛釘在這廳堂後樓上的那個精緻的祖宗堂無疑。我還記得少年的時候，從小學校放假回來，如何愛偷走上後樓去看這雕刻得很精緻的祖宗堂。我更想起當年又如何的想把這小小的祖宗堂拿下來佔爲己有，想將我所愛的幾個陶器的福祿壽星人物供到裡頭去過。現在看見了這祖宗堂的能亂雜堆置在這一個地方，我的想把它佔爲己有的心思又起來了，不過現在感到的感覺與年少的時候卻有點不同。那時候只覺得它是好玩得很，不過想把它拿來作一個上等的玩具，這時候我心裡感到的感覺卻簡單地說不出來；總覺得這樣的被亂堆在那裡還是讓我拿了去的好。

我一個人呆立在那裡看看想想，不知站立了多少時候，忽而聽見背後有跑很快的腳步聲響了。回轉頭來一看，我又吃了一驚。兩年多不見的姪兒阿發，竟穿上了小學校衣服，拿著了小書包從小學裡放學回來了。他見了我，一時也像受了驚極了的一樣，忽而站住了腳，張大了兩眼和那張小嘴，對我呆呆注視了一會。等我笑著叫他「阿發，妳娘哩！」的時候，他才作了笑臉，跳近了我的身邊叫我說：「五叔，五叔，你什麼時候回來的？……娘在廚下燒飯吧？爸爸和哥哥等都上外婆家去了。」

我撫著他的頭，和他一道走進廚下去的中間，忽兒聽見東廂房樓上童童的一聲，彷彿是有一塊大石倒下在樓板上的樣子。我舉起頭來向有聲響的方向一看，正想問他的時候，他卻輕輕的笑著告訴我說：

「娜娜（祖母）在叫人哩！因我們在廚下的時候多，聽不出她的叫聲，所以把那個大鐵錘給了她，教她要叫人的時候，就那麼的從床上把鐵錘推下來。」

他的話還沒有說完，東北角的廳裡果然二嫂出來了。突然看見我和阿發，她也似乎吃了一驚，就大聲笑著說：

「啊！小叔，什麼時候回來的？五嬸正教長生送了一籃冬筍來，他還在廚下坐著哩，你還沒有回到莊屋裡去嗎？」

「是剛剛從輪船上來的，娘哩！還睡在那裡嗎？」

「這一向又睡了好幾天了，你卻先上廚房去洗個臉喝口茶吧，我上去一下就來。」

說著她就走上了東夾衖裡的扶梯。我就和阿發一道走進了廚房。

長生背朝著外面，馱了背坐在灶前頭那張竹榻上吸菸，聽見了我和阿發的腳步聲，他就站了起來。看見了我，猛然間地也驚呆住了。

「噢！和和……五五……你你……」

可憐急得他叫也叫不出來，我和阿發，看了他那一種驚惶著急的樣子，不覺都哈哈哈哈的笑起來了，原來我的乳名叫作和尚，小的時候，他原是和尚的叫我叫慣的，現在因爲長年的不見，並且我長大了，所以他看見我的時候，老不知道叫我作什麼的好。我笑了一陣，他的驚惶的樣子也安定了下去，阿發也笑著跑到灶下去弄火去了，我才開始問他：

「你仍和我們住在一道嗎？莊屋裡的情形怎麼樣？」

他搖了搖頭，作了一副很認眞的樣子，對我呆視著輕輕的問說：

「和和……五，五先生，我那封信你接到了嗎？你……你的來信，我也聽說了，我很多謝你，可是我那女兒，也在叫我去同她們住。」

說到這裡，二嫂嫂已從前面走了進來，我就把長生撇下，抬起眼睛來看她。我在她的微笑的臉上，卻發現一道隱伏在眉間的憂愁。

「老人家的脾氣，近來眞愈變得古怪了。」

她微笑搖搖頭說。

我問她。

「娘怎麼樣？病總不十分厲害吧？」

「病倒沒有什麼，可是她那種脾氣，長生呀！你總也知道的吧？」

說著她就轉向了長生，彷彿是在徵求他的同意。我這回跑了千把里路，目的是想來看看這一位老母的病狀的，經嫂嫂那麼的一說，心裡倒也想起了從前我每次回來，她老人家每次總要和我意見衝突，弄得我不得不懊惱而走的種種事情，一時間我卻後悔了，深悔我這一回的飄然又回到故鄉來。但再回頭一想，覺得她老人家究竟是年紀大了，像這樣在外面流離的我，如此又能和她見得幾回的面。所以一挺起身，我就想跑出前廳來上樓看看她的病容，但走到了廳門邊上，嫂嫂又叫我回去說：

「小叔，你是明白的人，她老人家脾氣向來是不好的，你現在不要去看她吧。等吃了晚飯後，她高興一點的時候再去不遲。」

被嫂嫂這麼的一阻止，我卻更想急急乎去見見她老人家的面了，於是就不管三七二十一，跑出廳前，跑上了廂樓。

廂樓上的窗門似乎因爲風大都關閉在那裡，所以房裡面光線異常的不足。我上樓之後，就開口親親熱熱地叫了一聲，「娘！」但好久沒有回音。等我的目光習慣了暗處的光線，舉目向床上看去的時候，我才看出了床上的帳子係有半邊鉤掛起在那裡的，我的老母卻背朝著了外床，打側睡在棉被窩裡。看了她半天的沒有回音，我以爲她又睡著在那裡了，所以不敢再去驚動，就默默的在床前站立了好一會。看看她是聲息也沒有，一時似乎不會醒轉來的樣子，我就打算輕輕走下樓來了。但剛一舉腳，床上我以爲是睡著的她卻忽而發了粗暴的喉音說：

「你也曉得回來的麼？」

我驚異極了，正好像是臨頭被潑了一身冷水。

「你回來是想來分幾個去用用的吧？我的兒女要都是像你一樣，那我怕要死了爛在床上也沒有人收拾哩！哼，你們眞能幹，你那媳婦有她的毒計，你有你的方法，今天我是沒有死哩，你休想來拆了我的老骨頭去當柴燒了？我的這一點金器，可是輪不到你們倆的，老實先和你們說吧？」

我聽了她的這一番突如其來的毒罵，眞的知覺也都失去，弄得全身的血液都似乎凝結住了。身上發了抖，上顎骨與下顎骨中間格格地發出了一種互擊的聲音。眼睛也看不出什麼東西來了，黑暗裡只瞥見有許多金星火花，在眼前迸發飛轉，耳朵裡也只是嗡嗡地在作怪鳴，我這樣驚呆兀立了不曉得有多少時候，忽而聽見嫂嫂的聲音在耳朵邁上叫說：

「小叔，小叔，你到下面去吃飯去吧！娘也要喝酒了啊。」

我昏得連出去的路都辨不清了，所以在黑暗裡竟跌翻了幾張小凳才走出了廂樓的房門，聽見了我跌翻了凳子的聲音之後，床裡面又叫出來說：

「這兒的飯不准你來吃的，這兒是老二的屋裡，不是老屋了。」

我一跑下樓梯，走到了廳屋的中間，看見長生還抬起了頭，馱著了背，很擔憂似的在向廂房樓上看著。一見了他這一副樣子，我的知覺感情都恢復了，一時勉強忍住得好久的眼淚，竟撲漱漱滾下了好幾顆來。我頭也不回顧一眼，就跑出了廳門，跑上了門前的隙地，想仍舊跑上船埠頭去等下午那一班向杭州出發的船去。但走上村道的時候，長生卻含著了淚聲，在後面叫我說：

「和和……和……五先生，你等一等……」

我聽了他的叫聲，就也不知不覺的放慢了腳步，等他走近了我的背後，只差一兩步路的時候，我就一面走著一面強壓住自己啜泣的鼻音對他說：

「長生，你回去吧，莊屋裡我是不去了。我今晚上還要去上海去。」

在說話的中間他卻已經追上了我的身邊，用了他的那大手，往我肩上一拉，他又吶吶的說：

「你，你去吃了飯去，他們的飯不吃，你可以上我女兒那兒去吃的，等吃了飯我就送你上船好了。」

我聽了他這一番話，心裡難堪極了，便舉起袖子來擦了一擦眼淚，一句話也不說，由他拉著，跟他轉了一個方向，和他走上了他女兒的家中。

等中飯吃好，手臉洗過，吸了一枝菸後，我的氣也平了。感情也恢復了常態。因爲吃飯的時候，他告訴了我許多分家當時的又可氣又可笑的話，我才想起了剛才在廳上看見的那個祖宗神堂。我問了他一些關於北鄉莊屋裡的事情，又問他可不可以抽出兩三天工夫來，和我一同到上海去一趟。他起初以爲我在和他開玩笑，後來等我想把那個大家不要的祖宗堂搬去的話說出之後，他就跳起來說：

「那當然可以，我當然可以替你背了到上海去的。」

等先上老屋去把那個神堂搬了過來，看看搭船的時間也快到了，我們就託他女兒先上藥店裡去帶了一個口信給北鄉的莊屋，說明我們兩人將到上海去。

那一天晚上的滬杭夜車到北站的時候，我和他兩個孤伶仃的清影，一直被擠到了最後才走出鐵柵門來，因爲他背上了那紅木的神堂，走路不大方便，而他自己又彷彿是在背了活的人在背上似的，生怕人擠了，導致這神堂要受一點委屈。

第二天的午前，我先在上海本來是寄存在各處的行李、鋪蓋、書架、桌椅等件搬了一搬攏來，另外又買了許多食用的物品及零碎雜件等包做了一大包。午後才去找著那位替我介紹的朋友，一同遷入了虹橋路附近的那間小屋。

等洗掃乾淨，什器等件擺置停當之後，匆促的冬日，已經低近了樹梢，小屋周圍的草原及樹林中間，早已有渺茫的夜霧濛濛在擴張起來了。這時候我那朋友，早已到回了上海，雖然是很小，但也有三小間寬的，這一間野屋裡只剩了我和長生兩個。我因爲他在午後忙得也夠了，所以叫他且在檐下的藤椅子上躺息一下吸幾口菸，我自己就點上了洋燭，點上了煤油爐子，到後面的一間灶屋裡去準備夜膳。

等我把一罐牛肉和一罐蘆筍熱好，正在取刀切開麵包的時候，從黑暗的那間朝南的起居室裡卻嗚嗚的傳了一陣啜泣的聲音過來。我拿了洋燭及麵包之類，走進這間居坐室的時候，那裡知道我滿以爲坐在檐下籐椅上吸菸的長生，竟跪在那祖宗神堂的面前地上，兩手抱著了頭盡在那裡一面哭一面嚕嚕囌囌動著了嘴似在禱告。我看了這種單純的迷信，心裡竟也爲他所打動，在旁邊呆看了一會，把洋燭和麵包之類向桌上一擺，我就走近了他的身邊伏下去扶他起來叫他說：

「長生，起來吃飯吧！」

他聽了我一聲叫，幾乎更覺得悲傷了，就放大聲音哭起來，我坐倒在椅子上，慢慢的慰撫了半天，他才從地上站一起，與我相對坐著，一面哭一面還繼續的說：

「和尙，我實在對老東家不起。我……實在對老東家不起……要你……要你，這樣的去燒飯給我吃……你那幾位兄嫂……他們……他們黑心。……田地……田地山場他們都能奪的奪爭的爭搶了去了……只……只剩了一個墳莊……和這一個神堂給你們。……我……我一想起老東家在世，你們哥兒有的是穿有的是吃……住的是……是那間大廳堂，……到現在你……你只一個人住上這間小……小的草屋裡來……還要……還要自己去燒飯……我……眞對老東家不起……」

對這些斷續的苦語，我一面在揑著麵包含在嘴裡一面就也解釋給他聽說：

「住這樣的草舍也並不算壞，自己燒飯也是很有趣的。這幾年也是我自己運氣不好，找不到一定的事情，所以弄得大家都苦。若時運好一點起來，那一切馬上就變過了。兄嫂們也怪他不得，他們孩子又多，現在時勢也眞難，並且我一個人在外面用錢的確用了太多了。」

說著我又記起了白天買來的那瓶威士忌酒，就開了瓶塞勸他喝了一杯，教他好振振精神，暖和一點。

這一餐主僕二人的最初的晚餐，整整吃了有四、五個鐘頭。我在這中間把罐頭一回一回的熱了好幾次。直到兩人喝了各有些微醉，話到傷心，又相對哭了一陣之後，方才罷休。

第二天天空又起了寒風，我們睡到了八點多鐘起來，屋前屋後還滿映著濃霜，洗完了手臉，煮了兩大杯咖啡喝後，長生說要回去了，我從箱子裡取出一件已經破舊的黑呢斗篷來，教他披上穿了回去。他起初還一直不肯穿著，後來直等我自己也拿一件大氅來穿上之後，他才將那舊斗篷搭上了肩頭。

關好了門窗，和他兩人走出來走上了虹橋路的大道，如刀也似的北風吹得更猛了，長生這時才把斗扯開，包緊了他那已經是衰老得不堪的身體。搭上公共汽車到了徐家匯車站，正好去杭州的快車也就快到了。我替他買好了車票，送他上月台之後，他就催我快點回到那小屋裡去，免得盜賊之類的壞東西破屋進去偷竊。我和他說了許多瑣碎的話後，回身就想走，他又跑近了前來，將我那件大氅的皮領扯起，前後替我圍得好好，勉強裝成了一臉苦笑對我說：

「你快回去吧！」

我走開了幾步，將出站台的時候，又回來看了一眼，看見他還是身體朝著我俯頭在擦眼睛。我遲疑了一會，忽然想起了衣服袋裡還擱在那裡的他給我的那封厚信，就又跑了過去，將信從袋裡摸了出來，把用黃書紙包好的那張五元紙幣遞給他說：

「長生！這是你寄給我的。現在你總也曉得，我並不缺少錢用，你帶了回去吧！」

他將擱在眼睛上的那隻手放了下來，推住了我捏著紙幣的那隻右手吶吶的說：

「我，我……昨天你給我的我還有在這兒哪！」

抬頭向他臉上瞥了一眼，我看見有兩行淚跡在那黃黑的鼻坳裡放光，並且嘴角上他的那兩簇有珠滴的黃鬍子也微微地在寒風裡顫動。我忍耐不住了，喉嚨頭塞起了一塊火熱的東西來，眼睛裡也突然感到了一陣酸熱。那包厚紙包向他的手裡一擲，輕輕推了他一下，我一側身轉身就放開大步急走出了車站。「長生，請你自己珍重！」我一面閉上了眼睛在那裡急走，一面在心裡卻在默默的祝禱他的康健。

故事的背後

郁達夫像，攝於一九四三年。

郁達夫（一八九六～一九四五），浙江富陽人，為早期留日學生，後加入郭沫若、張資平、成仿吾等人組成的「創造社」，並以小說創作引起文壇的注意。郭沫若曾評論他說：「他那清新的筆調，在中國的枯槁的社會裡面好像吹來了一股清風，立刻吹醒了當時的無數青年的心。他那大膽的自我暴露，對於深藏在千年萬年背甲裡面的士大夫的虛偽，完全是暴風雨的閃擊，把一些假道學假才子們震驚得至於狂怒了。」他的小說集《沉淪》是新文學出版的第一本小說集。但是，他的作品也帶有濃厚的虛無主義的色彩，正因如此，它才能引發那一虛無色彩瀰漫著的，中國青年的共鳴。雖然如此，他那浪漫的生命的沉思和追求卻從未減的。在抗戰時代，他隱居南洋，暗地協助美僑，後為日軍所殺，為苦難的時代貢獻了生命。

在〈在寒風裡〉，郁達夫呈現了一個舊家族的沒落。這正是五四初期的共同主題。說是哀傷大家族的沒落，其實也是影射古老中國的命運。因此，在其中充滿了悽婉、無奈的情調，其所以如此，是因為他對於這沒落帶有莫大的關心。小說中的老傭人以及眾人丟棄不管的神龕，有著極悲涼的象徵意味。

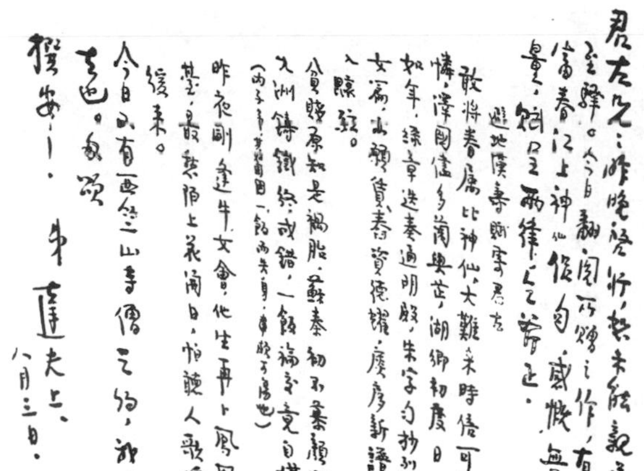

君左兄：昨晚惠訪，惜未能親送至驛。今日翻閱所贈之作，有當春江上神仙侶句，感慨無量。謹呈兩律，乞賜正。

避地漢壽贈寄君左

敢將眷屬比神仙，大難來時倍可憐。澤國儘多蘭與芷，湖鄉初度日如年。綠章迭奏通明殿，朱字勻抄烈女篇。亦願貸春資德曜，扊扅新譜入騷絃。

貧賤原知是禍胎，蘇秦初不慕顏回。九州鑄鐵終成錯，一飯論交竟自媒。（兩子本前若有因，一飯而失身，事欲不易也）昨夜剛逢牛女會，他生再卜鳳凰臺。最憐陌上花開日，怕聽人歌緩緩來。

今日又有西泠山寺傳之約，亦將去也。匆頌

撰安！

弟 達夫上，八月三日。

郁達夫致易君左函，寫於與其妻王映霞婚變之後。

新與舊

沈從文作

（光緒……年）

日頭黃濃濃曬滿了小縣城教場坪，坪裡有人跑馬。演武廳前面還有許多身穿各色號衣❶的人，在練習十八般武藝。到霜降時節，道尹❷必循例驗操，整頓部伍，執行升降賞罰，因此直屬辰沅永靖❸兵備道各部隊都加緊練習，準備過考。演武廳前馬紮子❹上坐的是遊擊❺、千總❻同教官❼，一面喝蓋碗茶，一面照紅冊子點名。每個兵士都有機會選取合手行頭，單個兒或配對子舞一回刀槍。馳馬盡馬入跑道後，縱轡奔馳，眞個是來去如風。人在馬上顯本事，便用長矛殺球❽，或回身射箭百步穿楊，看本領如何，博取采聲和嘲笑。

戰兵楊金標，名分直屬苗防屯務處第二隊。這戰兵在馬上殺了一陣球，又到演武廳來找對手玩「雙刀破牌」。執刀的雖來勢顯得異常威猛，他卻拿著兩個牛皮盾牌，在地下滾來滾去，眞像刀紮不著，水潑不進。相打到十分熱鬧時，忽然一個穿紅號褂子傳令兵趕來，站在滴水簷前傳話：

「楊金標，楊金標，衙門裡有公事，午時三刻過西門外聽候使喚！」

戰兵聽到使喚，故意賣個關子，向地下一跌，算是被對手砍倒了，趕忙拋下盾牌過去回話。傳令兵走後，這戰兵到馬門邊歇憩，大家一窩蜂擁過去，皆知道今天中午有案件要辦，到時就得過西門外去砍一個人的頭。原來這人一面在教場坪營房裡混事，一面在城裡大衙門當差，不止馬上平地有好本領，還是一個當地最優秀的劊子手。

吃過飯後，這戰兵身穿雙盤雲青號褂，包一塊縐絲帕頭，帶了他那把尺來長的鬼頭刀，便過西門外等候差事。到晌午時，城中一連響了三個小豬仔炮，不多久，一隊人馬就擁來了一個被嚇得痴痴呆呆的漢子，面西跪在大坪中央，聽候發落。這戰兵把鬼頭刀藏在手拐子❾後，走過涼棚公案邊去向監斬官打了個千❿，請示旨意。得到許可，走近罪犯身後，稍稍估量，手拐子向犯人後頸窩一擦，發出個木然的鈍聲，那漢子頭便落地了。軍民人等齊聲喝采：（對於這獨傳拐子刀法喝采！）這戰兵還有事作，不顧一切，低下頭直向城隍廟跑去。

到了城隍廟，照規矩在菩薩面前磕了三個頭，趕忙躲藏到神前香案下去，不作一聲，等候下文。過一會兒，縣太爺也照規矩帶領差役鳴鑼開道前來進香。上完香，一個跑風的探子，忙匆匆的從外邊跑來，跪下回事：「稟告太爺，西門城外小河邊有一平民被殺，屍首異處，流血遍地，兇手去向不明。」

縣太爺雖明明白白在稍前一時，還親手抹朱勒了一個斬條，這時節照習慣卻儼然吃了一驚，裝成毫不知情的神氣，把驚堂木一拍，大聲說，「青天白日之下，有這等事？」

即刻差派員役城廂各處搜索，且限令出差人員，得即刻把人犯捉來。又令人排好公案，預備人犯來時在神前審訊。那作劊子手的戰兵，估計太爺已坐好堂，趕忙從神桌下爬出，跪在太爺面前請罪。稟告履歷籍貫，聲明西門城外那人是他殺的，有一把殺人血刀呈案作證。

縣太爺把驚堂木一拍，裝模作樣的打起官腔來問案。劊子手一面對殺人事加以種種分辯，一面就叩頭請求太爺開恩。到結果，太爺於是連拍驚堂木，喝叫差役「與我重責這無知鄉愚四十紅棍！」

差役把劊子手揪住按在冷冰冰四方磚地下，「一五一十」、「十五二十」那麼打了八下，面對太爺稟告棍責已畢。一名衙役把個小包封遞給縣太爺，縣太爺又將它向劊子手身邊攢去。劊子手撈著了賞號，一面叩頭謝恩，一面口上不住頌揚「青天大人祿位高升。」等到一切應有手續當著城隍爺爺面前辦理清楚後，縣太爺便打道回衙去了。

這是邊疆僻地種族壓迫各種方式中之一種。

一場悲劇必須如此安排，正合符了「官場即是戲潮」的俗話，也有理由。法律同宗教儀式聯合，即產生一個戲劇場面，且可達到那種與戲劇相同的娛樂目的。原因是邊疆僻地的統治，本由人神合作，必在合作情形下方能統治下去。即如這樣一件事情，當地市民同劊子手，就把它看得十分愼重。尤其是那四十下殺威棍，對於一個劊子手似乎更有意義。統治者必使市民得一印象，即是官家服務的劊子手，殺人也有罪過，對死者負了點責任。然而這罪過卻由神作證，用棍責可以禳除。這件事既已成爲習慣，自然會好好的保存下來，直到社會一切組織崩潰改革時爲止。

劊子手砍下一個人頭，便可得三錢二分銀子。領下賞號的戰兵，回轉營上時必打酒買肉，邀請隊中兄弟同吃同喝，且與眾人討論刀法，討論一個人挨那一刀前後的種種，並摹擬先前一時與縣正堂在城隍廟裡打官話的腔調取樂。

——戰兵楊金標，你豈不聞王子犯法，應與庶民同罪？一個戰兵，膽敢在青天白日之下，持刀殺人！

——青天大人容稟……

——鬼神在上，為我好好招來！

——青天大人容稟……

於是喊一聲打，眾人便揪成一團，用筷頭亂打亂砍起來。

戰兵年紀正二十四歲，還是個光身漢子，體魄健康，生活自由自在，手面子又好，一切來得幹得，對於未來的日子，便懷了種種光榮的幻想。「萬丈高樓從地起」，同隊人也覺得這傢伙將來不可小覷。

（民國十八年）

時代有了變化，宣統皇帝的江山，被革命黨推翻了，前清時當地著名的劊子手，一口氣用拐子刀團團轉砍六個人頭不連皮帶肉所造成的奇蹟不會再有了。時代一變化，「朝廷」改稱「政府」，當地統治人民方式更加殘酷，這個小地方斃人時常是十個八個。因此一來，任你怎麼英雄好漢，切胡瓜也沒那麼好本領幹得下。被排的全用槍斃代替斬首，於是楊金標變成了一個把守北門城上門下鎖的老士兵。他的光榮時代已經過去，全城人在寒暑交替中，把這個人同這個人的事業慢慢的完全忘掉了。

他年紀已六十歲，獨身住在城門邊一個小屋裡。牆板上還掛了兩具牛皮盾牌，一副虎頭雙鉤，一枝廣式土槍，一對護手刀——全套幫助他對於他那個時代那分事業傾心的寶貝。另外還有兩根釣竿，一個魚叉，一個魚撈兜，專爲釣魚用的。一個葫蘆，常常有半葫蘆燒酒。至於那把殺人寶刀，卻掛在枕頭前壁上。（三十年前每當衙門裡要殺人時，據說那把刀先一天就會來個預兆。一入了民國，這刀子既無用處，預兆也沒有了。）這把寶刀直到如今一拉出鞘時，還寒光逼人，好像尚不甘心自棄的樣子。刀口上還留下許多半圓形血痕，刮磨不去。老戰兵日裡無事，就拿了它到城上去，坐在炮臺頭那尊廢銅炮身上，一面曬太陽取暖，一面摩挲它，賞玩它。興致好時也舞那麼幾下。

城樓上另外還駐紮了一排正規兵士，擔負守城責任。全城兵士早已改成新式編制。老戰兵卻仍然用那個戰兵名義，每到月底就過苗防屯務處去領取一兩八錢銀子，同一張老式糧食劵。銀子作價折錢，糧食劵憑劵換八斗四升毛穀子。他的職務是早晚開閉城門，親自動手上門下鎖。

他會喝一杯酒，因此常到楊屠戶案桌邊去談談，吃豬脊髓汆湯下酒。到沙回回屠案邊走一趟，帶一個羊頭或一副羊肚子回家。他懂得點藥性，因此什麼人生皰生瘡託他找藥，他必很高興出城去爲人採藥。他會釣魚，也常常一個人出城到碾壩上長潭邊去釣魚，把魚釣回來烱好，就端鉢頭到城樓上守城兵士夥裡吃喝，大吼幾聲五魁八馬⓫。

大六月三伏天，一切地方熱得同蒸籠一樣，他卻躺在城樓上透風處打鼾。兵士們打拳練「國術」⓬，弄得他心癢手癢時，便也拿了那個古董盾牌，一個人在城上演「奪槊」、「砍拐子馬」等等老玩意兒。

城下是一條長河，每天有無數婦人從城中背了竹籠出城洗衣，各蹲在河岸邊，揚起木杵擣衣。或高卷褲管，露出個白白的腳肚子，站在流水中沖洗棉紗。河上游一點，有一列過河的跳石，橫亙河中，同條蜈蚣一樣。凡從苗鄉來作買賣的，下鄉催租上城算命的，割馬草的，販魚秧的，跑差的，收糞的，連牽不斷從跳石上通過，終日不息。對河一片菜園，全是苗人的產業，綠油油的菜圃，分成若干整齊的方塊，非常美觀。菜園盡頭就是一段山岡，樹木鬱鬱蒼蒼。有兩條大路，一條翻山走去，一條沿河上行，皆進逼苗鄉。

城腳邊有片小小空地，是當地賣柴賣草交易處，因此有牛雜碎攤子，有粑粑江米酒攤子。並且還有幾個打鐵的架棚砌爐作生意，打造各式鐮刀、砍柴刀，以及黃鱔尾小刀，專和鄉下來城賣柴賣草人作生意。

老戰兵若不往長潭釣魚，不過楊屠戶處喝酒，就坐在城頭那尊廢銅炮上看人來往。或把臉掉向城裡，可望見一個小學校的操坪同課堂。那學校爲一對青年夫婦主持，或上堂，或在操坪裡玩，城頭上全望得清清楚楚。小學生好像很歡喜他們的先生⑬，先生也很歡喜學生。那個女先生間或把他們帶上城頭來玩，見到老戰兵盾牌，女的就請老戰兵舞盾牌給學生看。（學生對於那個用牛皮作成繪有老虎眉眼的盾牌，充滿驚奇與歡喜，這些小學生知道了這個盾牌後，上學下學一個個悄悄的跑到老戰兵家裡來看盾牌，也是常有的事。）有時小學生在坪子裡踢球，老戰兵若在城上，必大聲吶喊給輸家「打氣」。

有一天，又是一個霜降節前，老戰兵大清早起來，看看天氣很好，許多人家都依照當地習慣大掃除，老戰兵也來一個全家大掃除。捲起兩隻衣袖，頭上包了塊花布帕子，把所有家業搬出屋外，下河去提了好些水來將家中板壁一一洗刷。

工作得正好時，守城排長忽然走來，要他拿了那把短刀趕快上衙門裡去，衙門裡人找他有要緊事。

他到了衙署，一個掛紅帶子的值日副官，問了他幾句話後，要他拉出刀來看了一下，就吩咐他趕快到西門外去。

一切那麼匆促，那麼亂，老戰兵簡直以爲是在夢裡。正覺得人在夢裡，他一切也就含含糊糊，不能加以追問，便當眞跑到西門外去。到了那兒一看，沒有公案，沒有席棚，看熱鬧的人一個也沒有。除了幾隻狗在敞坪裡相咬以外，只有個染坊中人，挑了一擔白布，在乾牛屎堆旁歇憩。一切全不像就要殺人的情形。看看天，天上白日朗朗，一隻喜鵲正曳著長尾喳喳喳從頭上飛過去。

老戰兵想，「這年代還殺人，眞是做夢嗎？」

敞坪過去一點有條小小溪流，幾個小學生正在水中拾石頭捉蝦子玩，各把書包擱在乾牛糞堆上。老戰兵一看，全是北門裡小學校的學生，走過去同他們說話：「還不趕快走，這裡要殺人了！」

幾個小孩子一齊抬起頭來笑著：

「什麼，要殺誰？誰告訴你的？」

老戰兵心想，「眞是做夢嗎？」看看那染坊曬布的正想把白布在坪中攤開，老戰兵又去同他說話：「染匠師傅，你把布拿開，不要在這裡曬布，這裡就要殺人！」

染匠師傅同小學生一樣，毫不在意，且同樣笑笑的問道：「殺什麼？你怎麼知道？」

老戰兵心想，「當眞是夢麼？今天殺誰，我怎麼知道？當眞是夢，我見誰就殺誰。」

正預備回城裡去看看，還不到城門邊，只聽得有喇叭吹衝鋒號，當眞要殺人了。隊伍已出城，一轉彎就快到了。老戰兵迷迷糊糊趕忙向坪子中央跑去。一會子隊伍到了地，匆促而沉默的散開成一大圈，各人皆舉起槍來向外作預備放姿勢，果然有兩個年紀輕輕的人被綁著跪在坪子裡。並且一個是男人，一個是女人，臉色白僵僵的。一瞥之下，這兩個人臉孔都似乎很熟悉，匆遽間想不起這兩人如此面善的理由。一個騎馬的官員，手持令箭在圈子外土阜下監斬。老戰兵還以爲是夢，迷迷糊糊走過去向監斬官請示。另外一個兵士，卻拖他的手，「老傢伙，一刀一個，趕快趕快！」

他便走到人犯身邊去，擦擦兩下，兩顆頭顱都落了地。見了噴出的血，他覺得這夢快要完結了，一種習慣的力量使他記起三十年前的老規矩，頭也不回，拔腳就跑。跑到城隍廟，正有一群婦女在那裡敬神，廟祝嘩嘩的搖著籤筒。老戰兵不管如何，一衝進來趴在地下就只是磕頭，且向神桌下鑽去。廟裡人見著那麼一個人，手執一把血淋淋的大刀，以爲不是謀殺犯也就是殺老婆的瘋子，嚇得要命，忙跑到大街上去喊叫街坊。

一會兒，從法場上追來的人也趕到了，同大街上的閒人七嘴八舌一說，都知道他是守北門城的老頭子，都知道他殺了人，且同時斷定他已發了瘋。原來城隍廟的老廟祝早已死了，本城人年長的也早已死盡了，誰也不注意到這個老規矩，誰也不知道當地有這個老規矩了。

人既然已發瘋，手中又拿了那麼一把兇刀，誰進廟裡去，說不定誰就得挨那麼一刀，於是大家把廟門即刻倒扣起來，想辦法準備捕捉瘋子。

老戰兵躲在神桌下，只聽得外面人聲雜亂，究竟是什麼原因完全弄不明白。等了許久，不見縣知事到來，心裡極亂，又不知走出去好還是不走出去好。

再過一會兒，聽到廟門外有人拉槍機柄，子彈上了紅槽。又聽到一個很熟悉的婦人聲音說，「進去不得，進去不得，他有一把刀！」接著就是那個副官聲音，「不要怕，不要怕，我們有槍！一見這瘋子，儘管開槍打死他！」

老戰兵心中又急又亂，不知如何是好，只是迷迷糊糊的想，「這眞是個怕人的夢！」

接著就有人開了廟門，在門前大聲喝著，卻不進來。且依舊扳動槍機，儼然即刻就要開槍的神氣。許多熟人的聲音也聽得很分明。其中還有一個皮匠說話。

又聽那副官說，「進去！打死這瘋子！」

老戰兵急了，大聲嚷著：「嗨嗨！城隍老爺，這是怎麼的！這是怎麼的！」外邊人正嚷鬧著，似乎誰也不聽見這些話。

門外兵士雖吵吵鬧鬧，誰都是性命一條，誰也不敢冒險當先闖進廟中去。

人叢中忽然不知誰個厲聲喊道：「瘋子，把刀丟出來，不然我們就開槍了！」

老戰兵想，「這不成，這夢做下去實在怕人！」他不願意在夢裡被亂槍打死。他實在受不住了，接著那把刀果然啷的一聲響拋到階沿上去了，一個兵士冒著大險搶步而前，把刀撿起。其餘人眾見凶器已得，不足畏懼，齊向廟中一擁而進。

老戰兵於是被人捉住，糊糊塗塗痛打了一頓，且被五花大綁起來吊在廊柱上。他看看遠近圍繞在身邊像有好幾百人，自己還是不明白做了些什麼錯事，爲什麼人家把他當瘋子，且不知等會兒有什麼結果。眼前一切已證明不是夢，那麼剛才殺人的事也應當是眞事了。多年以來本地就不殺人，那麼自己當眞瘋了嗎？一切疑問在腦子裡轉著，終究弄不出個頭緒。有個人忽然從老戰兵背後傾了一桶髒水，從頭到腳都被髒水淋透。大家哄然大笑起來。老戰兵又驚又氣，回頭一看，原來捉弄他的正是本城賣臭豆豉的王跛子，倒了水還正咧著嘴得意哩。老戰兵十分憤怒，破口大罵：「王五，你個狗肏的，今天你也來欺侮老祖宗！」

大家又哄然笑將起來。副官聽他的說話，以爲這瘋子被水澆醒，已不再痰迷心竅了，方走近他身邊，問他爲什麼殺了人，就發瘋跑到城隍廟裡來，究竟見了什麼鬼，撞了什麼邪氣。

「爲什麼？你不明白規矩？你們叫我辦案，辦了案我照規矩來自首，你們一群人追來，要槍斃我，差點兒我不被亂槍打死！你們做得好，做得好，把我當瘋子！你們就是一群鬼。還有什麼鬼？我問你！」

當地軍部玩新花樣，處決兩個共產黨，不用槍決，來一個非常手段，要守城門的老劊子手把兩個人斬首示衆。可是老戰兵卻不明白衙門爲什麼要他去殺那兩個年輕人。那一對被殺頭的，原來就是北門裡小學校兩個小學教員。

小學校接事的還不來，北門城管鎖鑰的職務就出了缺——老戰兵死了。全縣城軍民各界，於是流行著那個「最後一個劊子手」的笑話，無人不知。並且還依然傳說，那傢伙是痰迷心竅白日見鬼嚇死的。

❶軍服。
❷省派道員，此為兵備道。
❸辰州、沅州、永靖縣。
❹折疊凳子。
❺武官名，從三品。
❻武官名，正六品。
❼文官名，掌管教育的學官。
❽球形標靶。

❾手肘。
❿行禮。
⓫划拳口令。
⓬國術為民國新創名詞。
⓭老師。

故事的背後

沈從文(一九〇二～一九八八),原名沈嶽煥,湖南鳳凰人,是一位自修成名的作家,他的《湘行散記》《邊城》《長河》《月下小景》《從文自傳》都已是膾炙人口的作品。他的作品大都以湘西漢苗交匯地區為背景,把中國農村的樸實、舒坦寫得淋漓盡致。當五四的新文學多把農村寫得灰暗、陰沉,或充滿憤怒、仇恨之時,他的作品卻讓人見到中國農村社會之樸實和醇厚。也由於此,經由這些他也反映了中國由傳統走向現代的矛盾和質疑。這在《邊城》和《從文自傳》中流露得非常明白。就在他小說人物身上，我們感受到大地的清新、芬芳和粗獷與原始。

〈新與舊〉的背景是國共由合作而分裂而鬥爭的年代。黨派的鬥爭演變成相互的屠殺，便使得很多無辜的人被牽連其中。本篇經由一位過時的劊子手而鋪陳出一個充滿血腥的故事。讀了以後，會引發愴涼的反思。

沈從文與其妻張兆和，應攝於戰前。

沈從文素描——五一節五點半白渡橋所見。

紅燈

臺靜農作

王五躬著腰站在水井沿上，喫力地在那裡拔水，頭上汗珠幾乎落到水井裡，披在光脊上的藍布手巾，已經一塊一塊地濕了。

吳二姑娘拎著菜筐同小水桶，遠遠地趕到，站在王五的一邊，等著王五拔水的竹竿。

「你站在水渦裡，不怕濕了鳳頭鞋麼？」王五一面在拔第二桶水，一面故意地向吳二姑娘調笑。

「砍頭的——」

「怎麼？大清早晨，出口就傷人！」王五雖然是這樣地說，卻是笑咪咪地看著吳二姑娘。「好吧，我來幫你拔一桶，莫等累了繡花手。」

「我自己能以，不要你獻好！」雖是這樣拒絕，卻不由地將小水桶遞給王五了。

「嗳喲—嗳喲—乾妹子——」李發擔了一副空水桶，遠遠一看見了這裡的一男一女，先是咳嗽了一聲，然後便叫起巧來。

這時候吳二姑娘正蹲在清石板上洗菜；王五拿了扁擔，預備擔了就走，雖然兩隻黑眼珠依舊是向著吳二姑娘迷惑地看著。

「我以爲是誰，原來是老五！」李發先招呼了王五。

「今天來得早，太陽曬著屁股了！」

「不是的，今天大清早晨汪家大表嬸子找我借錢，她說她昨夜夢見了她的兒子得銀，血著身子，也沒有穿衣裳，忽然來到她的床面前，老是站著不動。她哭著說，他是冤枉，想黏幾件衣服燒給他，要問我借幾百錢。我眞對不起她，我現在手裡一個錢也沒有，下月的水錢還沒有到月。……」

「得銀不是在柵門外賣餃子麼？怎麼死了，又有什麼冤枉呢？」吳二姑娘驚異地問。她菜已洗完。袖子高高地捲著，露出紅嫩的手膊，站在小水桶一旁，聽得出神。凰頭鞋是同小划船一般地向上翹著。

「怎麼？你還不知道他是已經死了麼？虧了二姑娘你！」李發故意驚訝地答應她，兩眼釘在她紅嫩的手膊上。

「你曉得，他是幹了這個買賣，將頭混掉了！」王五連連地接著說，伸出一個拳頭，幾乎碰了二姑娘的鼻梁；這拳頭，是表示得銀曾經捶了人家的大門。

「哦，沒想到得銀不好好的，作了這事！」她說了，同時收拾了菜筐，拎了小水桶，大擺大搖地走了，王五貪饞的一對目光送著她。

「唉，眞沒想到得銀這樣的老實人，居然改了行。要不是碰見了那一位，我想他年紀輕輕的絕不會！」

「那一位是誰？」王五茫然地問。

「怎麼，那一位你也不知道了，不是他麼？——三千七。」

「哦，他我是知道的。」王五恍然地說。「他能打少林拳，他能夠在黑夜裡跑到三十里外的人家去捶門，或是跳進八九尺高的圩牆，姦了人家的女人。……」

「你看，得銀這孩子有這大本領麼？這年頭眞不容易混！」

「他媽的，反正巧糧食喫不得。要想使巧錢，喫巧糧食，就要緊防著頸脖子分家！」

「可憐他娘守一輩子窮寡，爲了他一個，那知道只開花不結果！」李發嘆息地。

「世上有這些慘事的。不過我問你，他在那裡碰見了三千七？」

「我也不大清楚，聽說是一天早晨，得銀到河沙灘去買劈柴，頂頭就碰見了那一位，他兩個便親熱地打了招呼，因爲他兩個從前住在一塊認識的。好像，當時三千七約他到了沙灘西岸的柳林裡去，在那裡說了幾個時辰的話。說些什麼，誰也不知道；還有好話嗎？——自然是勸他下水！……」

「什麼勸他下水，不過叫他的二斤半，好像三個錢分兩下，一是一，二是二罷了。」王五有些慨然了。

「唉，老五，到那裡講天理？我愈想大表嬸愈替她可憐，她沒有做過虧心事，又守了一輩子窮寡！」

拔水的人漸漸地多了，他倆于是匆忙地擔了水走了。

得銀的娘夢見了她的兒子以後，夜間就打算給他黏幾件衣裳，但是想來想去，在那裡弄錢買紙呢？最後，便想到李家二表嫂的兒子李發，他人還實在，總可借一點，等到秋來新棉花下世，可以紡線賣錢還他。

雞叫一遍的時候，老人便起床了，這時東方是魚白色。她是靜等著天亮，好到李發那裡去。老人悽慘地坐在小房裡想著。錢借到手時，除了買二斤錢紙外，要買半刀金銀箔，給他疊些金錠銀錠；再給他黏一套藍衣，一套白衣。但他生前也活了二十三歲，從沒有穿過大褂，當他十二三歲在過新年的時候，總是羨慕人家穿長衣，那時總是敷衍著說，大了再穿吧，現在他是終於沒有穿過長衫死了。在他死後，應該給他黏一件大褂，一件馬褂。

天是亮了，太陽在東方放了紅彩，老人於是帶了希望的心往李發那裡去了。但是不久，老人便頹唐地從那裡回來了，她的一切的希望現在都破碎了！不經不由地，老人又默想到了她的一生。

當得銀的父親斷氣的時候，雙眼是可怕地睜著，她跪在他的面前說，「放心啊，孩子有我！」於是不多時雙眼便開了，這時得銀才三歲。二十年來，爲了這孤苦伶仃的孩子，人們所不能受的欺負，她竟忍受了；人們所不堪的，她竟掙扎的度過了；終沒想到，竟得了這樣的報應！一切都不說，將來有什麼話可以對他的父親呢？老人的心愈紛亂，於是又想著她的得銀。

那一天到河沙灘去買劈柴，回來很遲，劈柴並沒有買著。問他爲什麼，他說遇見了三千七，此時她還罵他：生就不是好東西，同這一流人交接。但他只是匆匆地將餃擔子挑走了，她並未注意他的神情。當晚得銀沒有將餃擔子挑回，他說是放在張三的更蓬裡，平常有時也是這樣，所以她也沒有理會。但是在喫飯時，他已不似平日般的活潑了，只喫了一碗飯，輕微地嘆了兩口氣走了。她這時才覺著他的神情奇怪，但也沒想到有什麼意外。當晚打二更後，他才回來，開口便說，「娘還沒睡呢？」她說，「等著你呢，今天爲什麼回來這樣遲？」他當時勉強地說：「乘涼去了。」油燈昏昏地照著，好像房中隱伏著陰魂般的慘淡。她是懷了疑慮，究竟不知兒子爲了什麼，因而一夜也未睡覺。更使她不安的，是半夜裡聽到得銀在夢中嘆氣。有時還在夢中說：「主意定了，去吧！」她幾次想叫醒他，終于不敢，怕的是加重了他的煩惱。

第二天清晨，他的顏色慘白，比他平常賭了牌熬了夜還難看。她故意從容地問他：「昨夜夢裡說的是什麼呢？」他不自然的微笑著，「娘還不知我是愛說夢話麼？」於是他要了白小褂換了，慢慢地扣了，又慢慢地捲了袖子。他的目光從全屋輕輕地移到她的身上，於是出門走了，走到柳樹下又回過頭來，似乎要說什麼而不及說了。她想到這裡，更是茫然了，萬沒料到他從此一去不回了。

她悔恨，她是這樣的蠢笨。那時候，她應該追隨去，用她全生命的力量；要是果然這樣做了，那這一隻鳥——她的一生中惟一的一隻鳥，絕不會飛去的。

「老東西，他用我的錢都不是錢？哼，還要挑子！」

她偶然想到得銀的餃挑子存在張三更蓬裡，打算將它要回，變賣出去，黏紙衣的錢是有了，還可以請道士給他超渡。她找了張三，張三居然說得銀欠他的錢，他已經將挑子變賣了。她是知道她的兒子平常不大向別人借錢的，即或為著天陰沒有生意借了錢，必定告訴她的，並且張三這人弄點錢就喝了酒，那有閑錢放賬呢？她同他理論，反遭了他在十字街跳著辱罵。

「不講理的老畜生，好，同你見營長去，你兒子的贓還要拿出來……」

她哭著走著回去，這辱罵時時在她的耳裡。

她雖是絕望了，猶幸這是七月半的鬼節的前幾日，市上有的為了慈善，有的為了在神前早已許下的心願，在夜間，請道士為鬼靈超渡。於是有了這種機緣，她在這幾天的夜間。總是扶了竹杖，偷偷地踱到那道士們所設的亡魂的寒林之下，恐怕被人發覺，輕輕地呼喚著：「銀兒到這裡領錢吧。」

南山陰雨，河水暴漲，沙灘已深深湮沒。市上有人提議，趁這鬼節的七月十五，應該備些河燈，免得今年被營長示眾的雄鬼們，老是在這曠野中徬徨著。

她得了這種消息，也想糊一個小小的燈，雖然她的兒子並非死在此處，但她總是相信得銀的魂是能夠回到本鄉本土的。但是錢是一文沒有，已經一天多沒喫東西了，眼前就要討飯去，用什麼買紙呢？偶然她抬頭看見荻柴的破牆上，夾有小小的紅塊，她將它拿下來，正是一張紅紙。她忽然心頭一熱，眼淚落下，因爲這紙是得銀去年過新年時買了未用完的。她又很快地將眼淚拭乾，恐怕滴濕了這紅紙。

爲了要竹蔑作燈骨，於是她往楊太太的園裡去求一棵竹子。她剛到楊家的籬笆前，猛然撲來了一條黃狗，此時她便昏跌在地下，同時屋裡出來了人，斥走了狗，將她扶起。猶幸狗還未咬著，可是她那衰老的容顏，已慘白得沒有人色。

她將一枝新竹拿到家，辛勤地將竹破成四片，再破時，竹片一軟，刀竟落在她左手的食指上。鮮血迅急地流出；她不覺著痛，用了她顫慄的右手抓了一些香灰敷在創口上，用布裹好。她又繼續地破下去，只是兩手仍舊顫慄不止。

黃昏時，她將這燈糊好了。她看來這是美麗的小小的紅燈。她歡欣的痛楚的心好像驚異她竟完成了這種至大的工作。

當天晚上，便是陰靈的盛節。市上爲了將放河燈，都是異常鬨動，與市鄰近的鄉人都趕到了，恰似春燈時節的光景。大家都聚集在河的兩岸。人聲嘈雜，一些流氓和長工們都是興高采烈，他們已經將這鬼靈的享受當作人間游戲的事了。

「瞎了你的眼，踩了你姑奶奶的腳！」吳二姑娘站在一棵椿樹下口裡放沫地罵。

「踩一下又怎的，摸一摸呢？」

這調笑聲傳遍了，於是都洶洶地狂笑起來。

「砍頭的！」

「哦！哦！看那燈！」亂雜的人聲，頓時停止了，都轉移到河燈上面去了。

「前面是一個小小的紅燈引導呢。」

大燈沉重走得遲慢。這小紅燈早順著水勢，漂到大眾的前面了，它好像負了崇高的神秘的力量籠罩了大眾，他們頓時都靜默，莊嚴，對著這小紅燈。直待大燈來到的時候，小紅燈已孤獨地漸漸地遠了。

這時候，得銀的娘在她昏花的眼中，看見了得銀是得了超渡，穿了大褂，很美麗的，被紅燈引著，慢慢地隨著紅燈遠了！

故事的背後

臺靜農擅書能畫，作畫時所攝。

臺靜農（一九〇二～一九九〇），字伯簡，安徽人。當代作家。他寫的作品不多，但幾乎篇篇珠璣。他受魯迅的指導，與李蘇野、韋索圍等同為「未名社」的同人。著有小說集《地之子》和《建塔者》。抗戰以後，來台任教於台灣大學中文系，擔任系主任多年，培植弟子甚多，《龍坡雜文》是他來台以後的散文集，後又出版《臺靜農學術論文集》。他不但是名作家、名學者，而且更是有名的書法家。

〈紅燈〉是他早期的作品，是當時農村貧苦的寫照。兒子因為無以為生，參加搶劫被殺，母親背負強盜婆之污名，想在中元節用紅紙做一支水燈，為兒子超渡，窮得連做燈的紙也買不起。後來紅燈做起來了，母親悲傷的了結了一件心事。小小的紅燈在水上飄，這紅燈代表了受難人的血，也代表母親永遠熄滅不了的愛。

臺靜農書法，集眾家之長。

山峽中

艾蕪作

江上橫著鐵鍊作成的索橋，巨蟒似的，現出頑強古怪的樣子，終於漸漸吞蝕在夜色中了。

橋下兇惡的江水，在黑暗中奔騰著，咆哮著，發怒地衝打崖石，激起嚇人的巨響。

兩岸蠻野的山峰，好像也在怕著腳下的奔流，無法避開一樣，都把頭盡量地躲入疏星寥落的空際。

夏天的山中之夜，陰鬱寒冷怕人。

橋頭的神祠，破敗而荒涼的，顯然已給人類忘記了，遺棄了，孤伶伶地躺著，只有山風江流送著它的餘年。

我們這幾個被世界拋卻的人們，到晚上的時候，趁著月色星光，就從遠山那邊的市集，悄悄地爬了下來，進去和殘廢的神們，一塊兒住著，作爲暫時的自由之家。

黃黑斑駁的神龕面前，燒著一堆煮飯的野火，跳起熊熊的紅光，就把伸手取暖的陰影，鮮明地繪在火堆的周遭。上面金衣剝落的江神，雖也在暗淡的紅色光影中，顯出一足踏著龍頭的悲壯樣子，但人一看見那隻揚起的握劍的手，是那麼地殘破，危危欲墜了，誰也要憐惜他這位末路英雄的。鍋蓋的四圍，呼呼地冒出白色的蒸汽，鹹肉的香味和著松柴的芬芳，一時到處瀰漫起來。這是宜於哼小曲吹口哨的優閒時候，但大家都是靜默地坐著，只在暖暖手。

另一邊角落裡，燃著一節殘缺的蠟燭，搖曳地吐出微黃的光輝，展畫出另一個暗淡的世界。沒頭的土地菩薩側邊，躺著小黑牛，污膩的上身完全裸露出來，正無力地呻喚著，衣和褲上的血跡，有的乾了，有的還是濕漬漬的。夜白飛就坐在旁邊，給他揉著腰幹，擦著背，一發現重傷的地方，便驚訝地喊：「呵呀，這一處！」

接著咒罵起來：

「他媽的這地方的人，眞毒！老子走盡天下，也沒碰見過這些吃人的東西！……這裡的江水也可惡，像今晚要把我們沖走一樣！」

夜愈靜寂，江水也愈吼得厲害，地和屋宇和神龕都在震顫起來。

「小夥子我告訴你，這算什麼呢？對待我們更要殘酷的人，天底下還多哩，……蒼蠅一樣的多哩！」

這是老頭子不高興的聲音，由那薄暗的地方送來，彷彿在責備著：「你爲什麼要大驚小怪哪。」他躺在一張破爛虎皮的毯子上面，樣子卻望不清楚，只是鐵菸管上的旱菸，現出一明一暗的紅燄。復又吐出教訓的話語：

「我麼？人老了拳頭棍棒可就挨得不少。……想想看，吃我們這行飯，不怕挨打就是本錢哪！……沒本錢怎麼做生意呢？」

在這邊烤火的鬼冬哥把手一張，腦袋一仰，就大聲插嘴過去，一半是討老人的好，一半是誇自己的狠。

「是呀，要活下去。我們這批人打斷腿子倒是常有的事情，……你們看，像那回在雞街，鼻血打出了，牙齒打脫了，腰幹也差不多伸不起來，我回來的時候，不是還在笑嗎……」

「對哪！」老頭子高興地坐了起來，「還有，小黑牛就是太笨了，嘴巴又不會扯謊，有些事情一說就說脫了的，像今天，你說，也掉東西，誰還拉著你哩……只曉得說：不是我、不是我，就是這一句人家怎不搜你身上呢？……不怕挨打，也好嘛……呻喚❶、呻喚，盡是呻喚！」

我雖是沒有就著火光看書了，但卻仍舊把書拿在手裡的。鬼冬哥得了老頭子的讚許，就動手動足起來，一把抓著我的書喊道：

「看什麼？書上的廢話，有什麼用呢？一個錢也不值……燒起來還當不得這一根乾柴……，聽老人家在講我們的學問哪！」

一面就把一根乾柴，送進火裡。

老頭子磚上叩去了鐵菸管上的餘燼，很矜持地說道：

「我們的學問，沒有寫在紙上，……寫來給傻子讀麼？……第一……一句話，就是不怕和扯謊！……第二……我們的學問哈哈。」

似乎一下子覺出了，我才同他合夥沒久的，便用笑聲掩飾著更深一層的話了。

「燒了吧，燒了吧，你這本傻子才肯讀的書！」

鬼冬哥作勢要把書拋進火裡去，我忙搶著喊：

「不行！不行！」

側邊的人就叫了起來：

「鍋碰倒了！鍋碰倒了！」

「同你的書一塊去跳江吧！」

鬼冬哥笑著把書丟給了我。

老頭子輕徐地向我說道：

「你高興同我們一道走，還帶那些書做什麼呢。……那是沒用的，小時候我也讀過一兩本。」

「用處是不大的，不過閒著的時候，看看罷了，像你老人家無事的時候吸菸一樣。……」

我不願同老頭子引起爭論，因爲就有再好的理由也說不服他這頑強的人的，所以便這樣客氣地答覆他，他得意地笑了，笑聲在黑暗中散播著。至於說到要同他們一道走，我卻沒有如何決定，只是一路上給生活壓得說忿氣話的時候，老頭子就誤以爲我眞的要入夥了。今天去幹的那一件事，無非由於他們的逼迫，湊湊角色吧了，並不是另一個新生活的開始。我打算趁此向老頭子說明，也許不多幾天，就要獨自走我的，但卻給小黑牛突然一陣猛烈的呻喚打斷了。

大家皺著眉頭沉默著。

在這些時候，不息地打著橋頭的江濤，彷彿要沖進廟來，掃蕩一切似的江風也比往天晚上大些，挾著塵沙，一陣陣地滾入，簡直要連人連鍋連火吹走一樣。

殘燭熄滅，火堆也悶著煙，全世界的光明，統給風帶走了，一切重返於無涯的黑暗。只有小黑牛窮苦的呻吟，還表示出了我們悲慘生活的存在。

野老鴉撥著火堆，尖起嘴巴吹，閃閃的紅光，依舊喜悅地跳起，周遭不好看的臉子，重又畫出來了。大家吐了一口舒適的氣，野老鴉卻是流著眼淚了，因爲剛才吹的時候，濕煙燻著了他的眼睛，他伸手揉揉之後，獨自悠悠地說：

「今晚的大江，吼得這麼大……又兇，……像要吃人的光景哩，該不會出事吧……」

大家仍舊沉默著，外面的山風江濤，不停地咆哮，不停地怒吼，好像詛咒我們的存在似的。

小黑牛突然大聲地呻喚，發出痛苦的囈語：

「哎呀，……哎……害了我了……害了我了，……哎呀……哎呀……我不幹了我不……」

替他擦著傷處的夜白飛，點燃了殘燭，用一隻手擋著風，照映出小黑牛打壞了的身子——正痙攣地做出要翻身不能翻的痛苦光景，就趕快替他往腰部揉一揉，狠狠地抱怨他：

「你在說什麼？你……鬼附著你哪！」

同時掉頭回去，恐怖地望望黑暗中的老頭子。

小黑牛突地翻過身，沙聲嘶叫：

「你們不得好死的！你們！……菩薩！菩薩呀！」

已經躺下的老頭子突然坐了起來，輕聲說道：

「這樣嗎？……哦……」

忽又生氣了，把鐵菸管用力地在磚上扣了一下說：

「菩薩，菩藤，菩薩也同你一樣的倒楣！」

交閃在火光上面的眼光，都你望我，我望你地，現出不安的神色。

野老鴉向著黑暗的門外，看了一下，仍舊靜靜地說：

「今晚的江水實狂吼得太大了！……我說嘛……」

「你說，……你一開口，就是吉利的。」

鬼冬哥粗暴地盯了野老鴉一眼，狠狠地咒詛著。

一陣風又從破門框上颳了進來，激起點點紅豔的火星，直朝鬼冬哥的身上濺射，他趕快退後幾步，向門外黑暗中的風聲，揚著拳頭罵：

「你進來！你進來！……」

神祠後面的小門一開，白色鮮朗的玻璃燈光和著一位油黑蛋臉的年輕姑娘，連同笑聲，擠進我們這個暗淡的世界裡來了。黑暗沉悶和憂鬱都悄悄地躲去。

「喂，懶人們！飯煮得怎樣了？……孩子都要餓哭了哩！」

一手提燈一手抱著一塊木頭人兒，親暱地偎在懷裡，做出母親那樣高興的神情。

蹲著暖手的鬼冬哥把頭一仰，手一張，高聲嘩笑起來：

「哈呀！野貓子，……一大半天，我說你在後面做什麼？……你原來是在生孩子哪……」

「呸，我在生你！」

接著「啵」的響了一聲。野貓子生氣了，鼓起原來就是很大的烏黑眼睛，把木人兒打在鬼冬哥的身旁；一下子衝到火堆邊上，放下了燈，揭開鍋蓋，用筷子查看鍋裡翻騰滾沸的鹹肉。白濛濛的蒸汽，便在雪亮的燈光中，裊裊地上升著。

鬼冬哥拾起木人兒，裝模作樣地喊道：

「呵呀，……尿都跌出來了！……好狠毒的媽媽！」

野貓子不說話，只把嘴巴一尖，頭頸一伸，向他做個頑皮的鬼臉，就撕著一大塊油膩膩的肉，有味地嚼她的。

小騾子用手肘碰碰我，斜起眼睛打趣說：

「今天不是還在替孩子買衣料嗎？」

接著大笑起來：

「嚇嚇，……酒鬼……嚇嚇，酒鬼。」

鬼冬哥也突地記起了，嘩笑著向我喊：

「該你抱！該你抱！」

就把木人兒遞在我的面前。

野貓子將鍋蓋驟然一蓋，抓著木人兒，抓著燈，像風一樣驀地捲開了。

小騾子的眼珠跟著她的身子溜，點點頭說：

「活像哪，活像哪，一條野貓子！」

她把燈，木人兒和她自己，一同蹲在老頭子的面前，撒嬌地說：

「爺爺，你抱抱！娃兒哭哩！」

老頭子正生氣地坐著，虎著臉，耳根下的刀痕，綻出紅脹的痕跡，不答理他的女兒。女兒卻不怕爸爸的，就把木人兒的藍色小光頭，伸向短短的絡腮鬍上，頑皮地亂闖著，一面努起小嘴巴，嬌聲嬌色地說：

「抱，嗯，抱，一定要抱！」

「不！」

老頭子的牙齒縫裡擠出這麼一聲。

「抱，一定要抱，一定要，一定！」

老頭子在各方面，都很頑強的，但對女兒卻每一次總是無可如何地屈服了。接著木人兒，對在鼻子尖上，鼓大眼睛，粗聲粗氣地打趣道：

「妳是哪個的孩子？……喊聲外公吧！喊，蠢東西！」

「不給你玩！拿來，拿來！」

野貓子一把抓去了，氣得翹起了嘴巴。

老頭子卻粗暴地嘩笑起來。大家都感到了異常的輕鬆，因爲殘留在這個小世界裡的怒氣，這一下子也已完全冰消了。

我只把眼光放在書上，心裡卻另外浮起了今天那一件新鮮而有趣的事情。

早上，他們叫我裝做農家小子，拿著一根長菸袋，野貓子扮成農家小媳婦提著一隻小竹籃，同到遠山那邊的市集裡，假作去買東西。他們呢，兩個三個地，遠遠尾在我們的後面，也裝做忙著趕市的樣子。往日我只是留著守東西，從不曾夥他們去幹的，今天機會一到，便逼著扮演一位不重要的角色，可笑而好玩地登台了。

山中的市集，也很熱鬧的，擁擠著許多遠地來的莊稼人。野貓子同我走到一家布攤子的面前，她就把竹籃子套在手腕上，亂翻起攤子上的布來，選著條紋花的說不好，選著棋盤格的也說不好，惹得老闆也感到煩厭了。最後她扯出一匹藍底白色的印花布，喜孜孜地叫道：

「呵呀，這才好看哪！」

隨即掉轉身來，仰起烏溜溜的眼睛對我說：

「爸爸，……買一件給阿狗穿！」

我簡直想笑起來——天呀，她怎樣裝得這樣像！幸好始終板起了面孔，立刻記起了他們教我的話。

「不行，太貴了！……我沒那樣多的錢花！」

「酒鬼，我曉得！你的錢是要喝馬尿水的！」

同時在我的鼻子尖上，豎起一根示威的指頭，點了兩點。說完就一下子轉過身去，氣狠狠地把布丟在攤子上。

於是，兩個人就小小地吵起嘴來了。

滿以爲狡猾的老闆總要看我們這幕滑稽劇的，哪知道他才是見慣不驚了，眼睛始終照顧著他的攤子。

野貓子最後賭氣說：

「不買了，什麼也不買了！」

一面卻向對面街邊上的貨攤子望去。突然做出吃驚的樣子，低聲地向我也是向著老闆喊：

「呀！看，小偷在摸東西哪！」

我一望去簡直嚇灰了臉，怎麼野貓子會來這一著？在那邊幹的人不正是夜白飛、小黑牛他們嗎？

然而，正因爲這一著，事情卻得手了。後來，小騾子在路上告訴我，就是在這個時候，狡猾的老闆始把時時刻刻都在提防的眼光引向遠去，他才趁勢偷去一疋上好的綢布的。當時我卻不知道，只聽得老闆幸災樂禍地袖著手說：

「好呀！好呀！王老三，你也倒楣了！」

我還獃著看，野貓子便揪了我一把喊道：

「酒鬼，死了麼？」

我便跟著她趕快走開，卻聽著老闆在後面冷冷地笑著，說風涼話哩。

「年紀輕輕，就這樣的潑辣！咳！」

野貓子掉回頭來啐了一口。

「看進去了！看進去了！」

鬼冬哥一面端開燉肉的鍋，一面打趣著我。

於是，我的回味，便同山風刮著的火煙，一道兒溜走了。

中夜，紛亂的足聲和嘈雜的低語，驚醒了我；我沒有翻爬起來，只是靜靜地睡著。

像是野貓子吧？走到我所睡的地方，站了一會，小聲說道：

「熟睡了，睡熟了。」

我知道一定有什麼瞞我的事在發生著了，心裡禁不住驚跳起來，但卻不敢翻動，只是尖起耳朵凝神地聽著。忽然聽見夜白飛哀求的聲音，在暗黑中顫抖地說著：

「這太殘酷了，太，太殘酷了……魏大爺，可憐他是……」

尾聲低小下去，聽著的只是夜深打岸的江濤。

接著老頭子發出鋼鐵一樣的高聲，叱責著。

「天底下的人，誰可憐過我們？……小夥子，個個都對我們捏著拳頭哪！要是心腸軟一點，還活得到今天嗎？你……哼！你小夥子，在這裡，懦弱的人是不配活的。……他，又知道我們的……咳，那麼多！怎好白白放走呢？」

那邊角落裡躺著的小黑牛，似乎被人抬了起來，一路帶著痛苦的聲喚和著雜色的足步，流向神祠的外面去。一時屋裡靜悄悄的了，簡直空洞得十分怕人。

我輕輕地抬起頭，朝破壁縫中望去，外面一片清朗的月色，已把山峰的姿影，崖石的面部，和林木的參差，或濃或淡地畫了出來，更顯著峽壁的陰森和悽鬱，比黃昏時候看起來還要怕人些。山腳底，洶湧著一片藍色的奔流，碰著江中的石礁，不斷地在月光中，濺躍起、噴射起銀白的水花。白天，尤其黃昏時候，看起來像是頑強古怪的鐵索橋呢。這時卻在皎潔的月下，露出嫵媚的修影了。

老頭子和野貓子站在橋頭。影子投在地上。江風掠飛著他們的衣裳。

另外抬著東西的幾個陰影，走到紫橋中部，便停了下來。驀地一個人那麼樣的形體，很快地，丟下江去。原先就是怒吼著的江濤，卻並沒有因此激起一點另外的聲息，只是一霎時在落下處，跳起了丈多高亮晶晶的水珠，然而也就馬上消滅。

我明白了，小黑牛已經在這世界上，憑藉著一隻殘酷的巨手，完結了他的悲慘的命運了。但他往日那樣老實而苦惱的農民樣子，卻還遺留在我的心裡，攪得我一時無法安睡。

他們回來了，大家都是默無一語地，悄然睡下，顯見得這件事的結局是不得已的，誰也不高興做的。

在黑暗中，野老鴉翻了一個身，自言自語地低聲說道：

「江水實在吼得太大了！」

沒有誰答一句話，只有廟外的江濤和山風，鼓譟地應和著。

我回憶起小黑牛坐在坡上息氣時，常常愛說的那一句話了。

「那多好呀！……那樣的山地！……還有那小牛！」

隨著他那憂鬱的眼睛瞭望去，一定會在晴明的遠山上面，看出點點灰色的茅屋和正在縷縷升起的藍色輕煙的。同伴們也知道，他是被那遠處人家的景色，勾引起深沉的懷鄉病了，但卻沒有誰來安慰他，只是一陣地瞎打趣。

小騾子每次都愛接著他的話說：

「還有那白白胖胖的女人囉！」

另一人插嘴道：

「正在張太爺家裡享福哪，吃好穿好的。」

小黑牛獃住了，默默地低下了頭。

「鬼東西，總愛提這些！……我們打幾盤再走吧，牌囉？牌囉？……誰撿著？」

夜白飛始終袒護著小黑牛；眾人知道小黑牛的悲慘故事，也是由他的嘴巴傳達出來的。

「又是在想，又是在想！你要回去死在張太爺的拳頭下才好的！……同你的山地牛兒一塊去死吧！」

鬼冬哥在小黑牛的鼻子尖上，示威似地搖一搖拳頭，就抽身到樹蔭下打紙牌去了。

小黑牛在那個世界裡躲開了張太爺的拳擊，掉過身來在這個世界裡，卻仍然又免不了江流的吞食，不禁就由這想起，難道窮苦人的生活本身，便原是悲痛而殘酷的麼？也許地球上還有另外的光明留給我們的吧？明天我終於要走了。

次晨醒來，只有野貓子和我留著。

破敗凋殘的神祠，塵灰滿積的神龕，吊掛蛛網的屋角，俱如我枯燥的心地一樣是灰色的，暗淡的。

除卻時時刻刻都在震人心房的江濤聲而外，在這裡簡直可以說沒有一樣東西使人感到興奮了。

野貓子先我起來，穿著青花布的短衣，大腳統的黑綢褲，獨自生著火，燉著開水，優優閒閒地坐在火旁邊唱著：

江水呵，
慢慢流，
流呀流，

流到東邊大海頭，

我一面爬起來扣著衣鈕，聽著這樣的歌聲，愈發感到岑寂了，便沒精打采地問（其實自己也是知道的）：

「野貓子他們哪裡去了？」

「發財去了！」

接著又唱她的。

那兒呀，沒有憂！

那兒呀，沒有愁！

她見我不時朝昨夜小黑牛睡的地方瞭望，便打探似地說道：

「小黑牛昨夜可眞叫得兇，大家都吵來睡不著。」

一面閃著她烏黑的狡猾的眼睛。

「我沒聽見。」

打算聽她再揑造些什話，便故意這樣地回答。

她便繼續說：

「一早就抬他去醫傷去了！……他眞是個該死的傢伙，不是爸爸佑著他，說著好，他還不去呢！」

她比著手勢，很出色地形容著，好像眞有那麼一回事一樣。

剛在火堆邊坐著的我，簡直感到忿怒了，便低下頭去，用乾枝撥著火冷冷地說：

「你的爸爸，太好了，太好了！……可惜我卻不能多跟他老人家幾天了。」

「你要走了嗎？」她吃了一驚，隨即生氣地罵道：「你也想學小黑牛了！」

「也許……不過……」

我一面用乾枝畫著灰，一面猶豫地說。

「不過什麼？不過！……爸爸說的好，懦弱的人，一輩子只有給人踏著過日子的。伸起腰幹吧！抬起頭吧！……羞不羞哪，像小黑牛那樣子！」

「你的爸爸，說的話，是對的，做的事，卻錯了！」

「爲什麼？」

「你說爲什麼？……並且昨夜的事情，我通通看見了！」

我說著，冷冷的眼光浮了起來，看見她突然變了臉色，但又一下子恢復了原狀，而且狡猾地說著：「嚇嚇，就是爲了這才要走嗎？你這不中用的！」

馬上揭開開水罐子看，氣沖沖地罵：

「還不開！還不開！」

驀地像風一樣捲到神殿後面去，一會兒，抱了一抱乾柴出來。一面撥大火，一面柔和地說：

「害怕麼？要活下去，怕是不行的。昨夜的事，多著哩，久了就會見慣了的。……是麼？規規矩矩地跟我們吧，……你這阿狗的爹，哈哈哈！」

她狂笑起來，隨即抓著昨夜丟下了的木人兒，頑皮地命令我道：

「木頭，抱，抱，他哭哩！」

我笑了起來，但卻仍然去整頓我的衣衫和書。

「眞的要走麼？來來來，到後面去！」

她的兩條眉峰一豎，眼睛露出惡毒的光芒，看起來，卻是又美麗又可怕的。

她比我矮一個頭，身子雖是結實，但卻總是小小的，一種好奇的衝動作弄著我，於是無意識地笑了一下，便尾著她到後面去了。

她從柴草中抓出一把雪亮的刀來，半張不理地遞給我，斜瞬著狡猾的眼睛，命令道：

「試試，看你砍這棵樹！」

我由她擺佈，接著刀，照著面前的黃果樹，用力砍去，結果只砍了半寸多深。因爲使刀的本事，我原是不行的。

「讓我來！」

她突地活躍了起來，奪去了刀，做出一個側面騎馬的姿勢，很結實地一揮，嗆的一刀，便沒入樹身三四寸的光景，又毫不費力地拔了出來，依舊放在柴草裡面，然後氣昂昂地走來我的面前，兩手插在腰上，微微地噘起嘴巴，笑嘻嘻地嘲弄我：

「你怎麼走得脫呢？……你怎麼走得脫呢？」

於是，在這無人的山中，我給這位比我小塊頭的野女子窘住了。正還打算這樣地回答她：

「你的爸爸會讓我走的！」

但她卻忽然抽身跑開了，一面高聲唱著，彷彿奏著凱旋一樣。

這兒呀，……也沒有憂，

這兒呀，……也沒有愁。

我慢步走到江邊去，無可奈何地徘徊著。

峰尖浸著粉紅的朝陽。山半腰，抹著一兩條淡淡的白霧。崖頭蒼翠的樹叢，如同洗後一樣的鮮綠。峽裡面，到處都流溢著清新的晨光，江水仍舊發著吼聲，但卻沒有夜來那樣的怕人。清亮的波濤，碰在嶙峋的石上，濺起萬朵燦然的銀花，宛若江在笑著一樣，誰能猜到這樣美好的地方，曾經發生過夜來那樣可怕的事情呢？

午後，在江流的澎湃中，迸裂出馬鈴子連擊的聲響，漸漸強大起來。野貓子和我都感到非常的詫異，趕快跑出去看。久無人行的索橋那面，從崖上轉下來一小隊人，正由橋上走了過來。爲首的一個胖傢伙，騎看馬，十多個灰衣的小兵，尾在後面。還有兩三個行李挑子，和一架坐著女人的滑竿❷。

「糟了！我們的對頭呀！」

野貓子恐慌起來，我卻故意喜歡地說道：

「那麼，是我的救星了！」

野貓子恨恨地看了我一眼，把嘴唇緊緊地閉著，兩隻嘴角朝下一彎，傲然地說：

「我還怕麼？……爸爸說的，我們原是在刀上過日子哪！遲早總有那麼一天的。」

他們一行人來到廟前，便息了下來。老爺和太太坐在石階上，互相溫存地問詢著。勤務兵似的孩子，趕忙在挑子裡面，找尋著溫水瓶和毛巾。抬滑竿的伕子，滿頭都是汗，走下江邊去喝江水，兵士們把槍橫在地上，從耳上取下香菸緩緩地點燃，吸著。另一個班長似的灰衣漢子，軍帽掛在腦後，毛巾纏在頸上，走到我們的面前。槍兜子抵在我的足邊，眼睛盯著野貓子，盤問我們是做什麼的，從什麼地方來，到什麼地方去。

野貓子咬著嘴唇，不做聲。

我就從容地回答他，說我們是山那邊的人，今天從丈母家回來，在此息息氣的。同時催促野貓子說：

「我們走吧！——阿狗怕在家裡哭哩！」

「是呀，我很擔心的。……唉，我的足怪疼哩！」

野貓子做出焦眉愁眼的樣子，一面就摸著她的足，嘆氣。

「那就再息一會吧。」

我們便開始講起山那邊家中的牛馬和雞鴨，竭力做出一對莊稼人的應有的風度。

他們息了一會，就忙著趕路走了。

野貓子歡喜得直是跳，抓著我喊：

「你怎麼不叫他們抓我呢？怎麼不呢？怎麼不呢？」

她靜下來嘆一口氣，說：

「我倒打算殺你哩；唉，我以為你是恨我們的。……我還想殺了你，好在他們面前顯顯本事。……先前，我還不曾單獨殺過一個人哩！」

我靜靜地笑著說：

「那麼，現在還可以殺哩！」

「不，我現在爲什麼要殺你呢？……」

「那麼，規規矩矩地讓我走吧！」

「不，你得讓爸爸好好地教導一下子！……往後再吃幾個人血饅頭就好了！」

她堅決地吐出這話之後，就重又唱著她那常常在哼的歌曲，我的話，我的祈求，全不睬了。

於是，我只好待著黃昏的到來，抑鬱地。

晚上，他們回來了，帶著那麼多的「財喜」，看情形，顯然是完全勝利，而且不像昨天那樣小幹的了。老頭子喝得泥醉，由鬼冬哥的背上放下，便呼呼地睡著。原來大家因爲今天事事得手，就都在半路上的山家酒店裡，喝過慶賀的酒了。

夜深都睡很熟，神殿上交響著鼻息的鼾聲。我卻不能安睡下去，便在江流激湍中，思索著明天怎樣對付老頭子的話語，同時也打算趁此夜深人靜，悄悄地離開此地。但一想到山中不熟悉的路徑，和夜間出遊的野物，便又只好等待天明了。

大約將近天明的時候，我才昏昏地沉入夢中。醒來時，已快近午，發現出同伴們都已不見了，空空洞洞的破殘神祠裡，只我一人獨自留著。江濤仍舊熱心地打著崖石，不過比往天卻顯得單調些，寂寞些了。

我想著，這大概是我昨晚獨自兒在這裡過夜，做了一場荒誕不經的夢，今朝從夢中醒來，才有點感覺異常吧。

但看見躺在磚地上的灰堆，灰堆旁邊的木人兒，與留在我書裡的三塊銀元時，煙靄也似的遐思和悵惘，便在我岑寂的心上，縷縷地升起來了。

❶呻吟。

❷轎子。

故事的背後

艾蕪像，
約攝於一九五〇年代。

艾蕪（一九〇四～一九九二），原名湯道耕，四川人，三十年代作家。年輕時因反抗家庭出走，漂泊雲南邊區及緬甸等地。一九三二年加入左聯，開始寫作小說，作品大多反映邊疆下層人民的苦難、邊地風光和特異性格的人物，充溢著抒情氣息和浪漫情調。著作甚多，以短篇小說集《南行記》最為知名，本篇即為其中一篇。

這是個竊盜集團的故事。竊盜一向為人所不齒，但他們也有他們的悲苦、他們的人生觀。最重要的是他們仍然有一顆講究感情的心。正因為他們是竊盜，也就更令人為之唏噓。

家信

李廣田作

含著淚，手心裡緊緊地握著那封信，他從外甥那裡告別了出來。走幾步，又躊躇一陣，他甚至想再去切實向外甥叮囑一番：千萬別把信中的消息告訴長庚的母親，就是鄉里鄰舍中任何人也不要告訴。但他終於不曾再回去，因爲他完全信託他的外甥，他相信他會記得他的囑咐，不把那消息洩露。自從自己的兒子出去了，這個外甥便成了他惟一的親信，就連讀一封信，也必須跑了遠路來找外甥讀，因爲他讀得又確切，又詳細，而且一字一句講出來，正如長庚的母親所說，「就好像聽那寫信的人對面說話一樣。」他又想，如果長庚在家，他和外甥一樣，也可以自己當門遮戶了，他們兩個的年齡相差不多，都是從小在他眼前長大起來的。但是現在……他再也想不下去了，他迎著冷風：一雙老眼裡落下淚來。他踽踽涼涼地走向回家的道路。

他，六十歲。他的女人，五十五歲。但表面上看來，女人比他顯得更衰，更老，因為她日日夜夜，總是想念著兒子。

他們有幾畝薄田。耕作之餘，還經營一個小小生意：賣燒餅。兒子在家的時候，田裡的事情多由兒子管，生意上的事情由兩個老人管。老婦人淘麥、推磨；老頭子和麵、掌爐，並挑擔子去賣。老頭子脾氣剛愎急躁，恨家不富，恨兒子不成人。他希望兒子多做工，最好日夜不休息，又希望兒子少花錢，最好是一個小錢也不用，可是兒子的性情卻又恰恰相反。他終日罵兒子，甚至打他，而且無輕無重，摸到扁擔，就是扁擔，摸到棍子，就是棍子，不論什麼，儘管打過去，反正兒子不還手，把個兒子逼得沒頭沒路。不知哪裡吹來一陣風，一個奇怪機緣，把個年輕人帶到天外去了。

「飛他媽！飛到天邊也不管。」他當時這樣說。他嘴硬，他心裡卻暗暗地軟了。田地裡的草荒起來，缸裡的水也不再永久溢滿，連那賣燒餅的生意也受了些連累。何況那個作母親的還在指著鼻子數量。老頭子有時候工作疲乏了，就難免嘆息一聲，說道，「老了，不中用了！」於是老婦人的責備就擲了過來：「誰叫你把長庚趕了出去呢，你這老昏君！」他沒有話講，只吶吶地喊道，「你你你……」其初兒子一去無音信。過不半載，信來了，兒子說，他已經在那邊有了一個棲憩的巢穴，他很想家，他想賺到大把錢帶回來給老人家。

又過了兩年，兒子果然歸來了，他從那個多森林與野獸的邊陲上帶來了一個堅實粗碩的身軀，還有一口奇奇怪怪的語音，把兩個老人喜得瘋狂起來。「那個地方簡直和外洋一樣，風俗人情和中原全不同，太遠了，過山，過水，過大海，坐車，坐船，騎驢，騎馬，……太遠了！」可是過不十天半月，老頭子的脾氣又發了，兒子的歸來像一個夢，夢醒了，兒子也不見了。老婦人哭得涕淚縱橫，罵道：「孩子回來，留還怕留不住，你又把他打跑了，你這老昏君！」他還是沒有話講，只是吶吶地喊道：「你你你！」

兒子第二次出走後又來過信。他又回到了那個多森林與野獸的巢穴。他說他不久要娶一個女人，並且說，一年兩年，頂多三年，便帶著女人回家，說不定還抱一個孫子，可是這以後不久，戰爭便爆發起來，連這小小農村中，經過種種傳說，也知道有番邦外國來爭奪中國的江山了。至於兒子的信息，那就根本不敢盼望了。

那遙遠的戰爭，是不是已經結束了呢？從那戰爭的開始到現在，已經又過了多少歲月，他們自然記不清，總覺得極其久遠罷了。然而今天又忽然接到這封信，眞是出人意外。當時老婦人興奮得哭起來，她急忙到佛堂裡叨唸一陣，並叩了一陣頭。老頭子莫知所以，他恍恍惚惚覺得那信上的字跡有點不對，他心裡暗暗跳著。此刻他手掌中緊緊握了那封信，從外甥家裡回來，將近自己村舍了，他還記得臨去時她一再囑咐：「快去快去，去叫外甥給唸唸，叫他一字一字唸，一字一字講，你記好，別糊糊塗塗的，回來好講給我聽！」他眞願意他的家更遠一些，願意這條路更長一些，但是他終於來到自己門上了，而且迎面就是長庚的母親。他切一切牙齒，用力趕了幾步，還不忘記偷揩一下眼睛，不等女人開口，他就把那信在空中搖著，強堆了滿臉笑，用了高朗的聲音喊道：

「長庚在信上說，他很好，他發了財，就要娶新媳婦了。」

他抖擻了精神向家裡走，老婦人在後面追，笑著，問道：

「怎麼樣？就要成親？」

「是啊，就要成親了。」他倉皇地答，他一點兒也不停留，他急急忙忙到廚房裡去提水桶，拿扁擔，他故意使扁擔水桶碰得叮叮噹噹響，他把擔子挑起來，一股勁兒向外衝，他此刻彷彿年輕了許多。老婦人追著，問著：

「他可寫了那新媳婦的模樣？」

「模樣很俊，大腳板，不纏小腳！」

他一面回答，一面挑了空水桶向外闖，出門時水桶卻猛烈地碰在門框上，兩個水桶左右搖擺，幾乎把他搖個跟斗。

「你簡直瘋了，老昏君！」

老婦人無可如何，露出極自然的微笑，轉回來。

老頭子挑了水桶，走到街上，他腳步慌張，不想同人招呼，可是村人中有的已知道長庚來信了，就問道：

「聽說長庚又有信來了！」

「是啊，又有信來了。」他一面回答，一面走。

「信上說些什麼？」村人還在打聽。

「說很好，說就要娶媳婦了。」

他急忙走向井邊去，還聽到後面有人說，

「好極了，要吃喜酒啊。」

當他挑了水回家時，看看老婦人正在廚房裡燒火，他心裡一驚，才發覺自己幾乎忘了一件大事。他悄悄地到堂屋裡一看，果然那封信不在桌面上，他知道長庚的母親已經把那封信放在那個小包裡了。那是一個紅布小包，那裡邊包了十幾封信，自從兒子出門以後，所有來信都在這個小包裡。像珍惜地畝文書❶一般，他們也同樣珍惜這個小包。一旦有認字的人來了，尤其是當那個親信的外甥來了，老婦人就打開這小包，請人給她唸，給她講，像講故事一樣，她聽了有時笑笑，有時嘆息，有時落下淚來。老頭子輕手輕腳，站在凳子上，把那個小紅包從門龕上取了下來。他打開它，那封信果然就在裡邊。他把那信取出來，又把紅包捆好，放在原處。他在那門後費心尋找，終於找到了一個洞，他把那裡的土塊取開一點，把那信藏在裡邊，又把土塊塞好。當他剛好做完這件事時，老婦人進來了。

「你弄什麼呢，你？」

「我我我……」他沒有說明白，兀自走出去。

天色暗下來，雞已進了塒❷。每天傍晚，老婦人總不忘記看看雞，並把雞塒的門堵起來。今天老頭兒特別殷勤，他到處張羅，看看這裡，望望那裡，他代替了老婦人，把雞塒也堵好了。掌燈之後，老婦人喊他吃飯，他卻無心吃。一面吃著喝著，老婦人就一再問及那信中情形，他卻只說明天要做多少燒餅，淘多少麥，磨多少麵粉。飯後不久，他就上床睡了，他剛剛把身子交給土炕，就不能自己地長嘆一聲。

老婦人說：

「你今天可眞是太疲乏了！」

「是，太疲乏了，還有點頭痛。」他含糊地回答。

稍稍沉默一會，老婦人又忍不住問道：

「長庚將來帶媳婦回家，你應當早給他們弄一間屋子，一間屋子可不是一口氣能吹成的，這件大事你可曾想過？」

「想過了，」他說，「這些事有我，不用你操心！」

他不耐煩，猛然翻過身去，臉朝向牆壁，不再動，不再言語，連氣也似乎不出了。

這以後，老婦人就一心盼望兒子的喜訊。她更切盼兒子的歸來，並且還帶著一個年輕媳婦，至於孫子，她並不急切，因為他想，媳婦生孩子，還是來家才好，她可以照顧媳婦生產，不致出毛病。但這又是無可如何的事情，假設要生，就非生不可，絕不能十萬八千里，翻山過海，等到來家生。她想到這裡，不覺笑了笑。她還擔心，那個外路女人也許奇裝異服，南腔北調，不慣於這裡的生活，或性情不投，以致婆媳間不能相安。她下了決心，一定要好心待承❸媳婦，她知道自己能忍耐，自己生來仁慈。她想得很多。她常常同老頭子談這些。但老頭子卻並不熱心，常常含含糊糊，彷彿三心二意，胡思亂想。而且，在她眼裡看來，他眞是忽然老了十年。她有時聽到他在嘆息，她就問道：

「怎樣啊，你可是不舒服？」

「不，」他回答，「沒有什麼不舒服？只是覺得太勞累罷了，稍稍做點事，便腰痛腿軟，喘不出氣來。」

老婦人卻又故意嘲笑他：

「你呀，你棉花店裡失火——燒包。兒子快回來了，你老太爺要捋著鬍子享清福啦，偏你又這樣，要死也得等個時辰啊。」

「你你你……」他照例這樣吶吶一陣，爲了避免再談下去，他走開。他故意去找一些不必要的事情做。缸裡並不缺水，然而他寧願去挑一些。而每當他站在井台上，用長長的井繩提著沉重的水桶時，他的腿就戰慄起來，他喘著，身子搖搖的，心裡暗暗唸道：

「眞是老了，站在井口，就好像自己要跌下去似的！」

而每當一雙水桶壓在肩頭時，他覺得兩隻桶好像比從前增大了，走起路來格外沉重，路本是平坦的，而他的腳下卻坷坷絆絆，很不穩當。他們的生活過得很緊，地裡的活須雇短工，小小的生意還須支持。老婦人照常淘麥推磨，他也照常和麵掌爐，可是他卻常常忘記爐裡的燒餅應當翻轉，等聞到焦胡的氣味時，他才知道自己剛才是在夢中。

日子過得很快，半年過去，一年又過去。老婦人就常常納悶，「爲什麼長庚沒有再來信呢？」她想，難道兒子的婚姻不成？即便不成，也該來信。她時常追問老頭子：

「那些打仗的可還在打嗎？」

「不知道，也許還在打吧。」老人回答，「反正他們要打就會打起來的。」

「那麼是因爲戰爭不能通信？你應當去打聽一下。」

「打聽？我向誰打聽？」

他不耐煩，不想談這些，他還是走開。

期待中的日子又過了很久，老婦人實在等得不耐了。她彷彿嗅到了什麼不好的氣息，她心裡作惡起來。她不能睡，也不能吃。她時常嘆息，流淚，罵老頭子，怪他不去打聽消息。她愈見衰弱，她的兩個眼睛漸漸昏花，她沒有氣力再去工作，他們的小生意就不得不停歇下來，她終於病了，倒在了炕上。她長夜不眠，偶一閉目，卻夢見兒子，她做了許多惡夢，她相信她的夢。許多夢只有一個解釋，她對於兒子的歸來是絕望了。當兒子第一次出門以後她也曾夢見兒子，早晨醒來，她第一句話就是：

「我夜裡夢見長庚……」

「夢夢夢，我不聽妳的胡說八道！」還不等她說完，他就截斷她的話。

她卻不管他聽不聽，還是把自己的夢境講出來。如今卻不然了，她把她的夢藏起來，她還想：「讓這個老昏君睡在鼓裡吧，這樣還好些！」她不再說話，她一天天消瘦下去，她的生命已到了最後的頃刻，老頭子心裡明白，他知道她的病不是藥石可以爲功的。有一天他忽然從外面跑進來，一進門就喊道：

「長庚到底又來信了。」

他手裡搖著一封信，那是他偷偷地從那個小小紅布包中拿出來的，他還把那封信重又封起來。他不等那病人說話，就急忙自言自語道：

「我要趕快到外甥那裡去，叫他給唸信。你等著，我回來一五一十講給你聽。」

他做出歡欣鼓舞的樣子，拿了一封舊信出門去了。出得大門，走出村莊，他才覺得無可去處。他當然不到外甥那裡去。他順著大路向前走。秋天的原野在他面前顯得特別蕭疏，世界眞是空曠極了。他不由自主地向前走去，他來到了自己的田邊，他走向田中去。在那裡有一叢樹，是白楊樹，葉落枝高，只餘很少幾片不落的葉子在風中發出颯颯的聲音。那一叢樹下是一些墳堆，他的祖父母，他的父母，都在這裡長眠。他覺得很疲乏。他頹然地坐在一個墳前，這是他父母的墳。他把頭垂下，抱在兩手裡，深深地嘆息一聲。他又仰起蒼老的面孔，看看藍天，天很高，他向遠方望，望到天邊，他彷彿看定了遠方一個什麼東西，他凝眸沉思。他想像那個多森林與野獸的邊界，那裡的一個山坡上，有一個孤伶伶的墳墓。他想，逢年過節，可有誰祭掃那座荒墳？淒風冷雨，孤魂伴枯骨，好不荒涼？……

他想得很多，他心裡沉重極了。看看日影，知道他在這裡已經消磨了頗長的時間，這一段時間是足夠他從外甥的村子裡歸來的。他立起來，手心裡緊握了那封信，他還不忘記把那封了起來的信又拆開，他又踽踽涼涼地走回家去。

他像一個遊魂似地蕩進了大門。他想起他上一次從外甥家看信回來的情形，但一到病人的面前，他就抖擻起精神，並且喘噓著，彷彿走了遠路的樣子，他堆出滿臉笑，搖著信，用高朗的聲音說道：

「外甥把信講得很詳細，他說，長庚媳婦已經生了小孩，是一個又白又胖的小子，正等待爺爺奶奶給孩子取名呢。並說，等孩子大些，就一同回老家來……」

他一面說著，一面望著病人的面孔，他看見病人臉上閃了一個微笑，他正想補充說，「長庚說從前來過幾次信，我們都不曾收到，大概是路上失落了。」還不曾說出，他就看見病人臉上的微笑早已變成了兩滴清淚，她慢慢把眼睛閉起來，永不再睜開。

他在這世界上完全成了孤單的。他的小小的庭院也成了一個摸不到邊際的空洞天地。他現在反倒有無迷糊，究竟兒子是在呢？還是不在呢？對於他自己所說的那些謊話，他簡直疑惑起來，他不再意識到那是謊話了。當他一個人在屋子裡不知如何安排的時候，他想起了那個紅布包，他打開了那些信，一頁頁地翻弄過去，彷彿他自己也是認字的一般。他想起那一封信，那是被他藏在牆洞裡的。他急忙掏出那土塊，抽出那封信，彈去了那封面上的塵土，鎖起門戶，帶著信到外甥那裡去了。

「給我唸唸這封信！」

他見了外甥，拿出信來，這樣吩咐。

外甥看了那信，覺得愕然，說道：

「舅爺，這不是從前看過的那一封嗎？」

「不管，你只要唸給我聽就是了！」

那外甥無可如何，只好把信攤開來唸道：

「……我是長庚的朋友，我們就像骨肉弟兄一般，……戰爭開始不久，這個地方便被毀了，……他的墳墓埋在豹子山的下邊，墳墓前邊立一個木牌，上書『亡友滿長庚之基，……』那地方很容易認識，那豹子山後有一座森林……」

回到家裡，他一個人忙碌起來。他在打掃屋子，他把許多零亂破爛的器物都堆到磨房裡，他把自己的衣物都搬到廚房裡。他把那座大屋子裡掃得光光的，連牆壁也都掃了，把比較完整的器物，重又安排起來，他又打掃院落，掃除垃圾。村人們有的來看望他，本是來慰問的意思，但看了他那情形，就不能不問道：

「你老人家是忙些什麼呢？」

他並不停止他的工作，他一面忙著，一面回答：

「長庚和長庚媳婦，還有小娃娃，就要回家來了，我要給他們安排一個房間，教他們住得滿心滿意。」

❶田契。

❷雞窩。

❸對待。

故事的背後

這篇小說原來的題目叫做〈活在謊言裡的人〉，有些人剛讀了第一段，就已經猜到了小說的內容和結局。這是一篇感人的作品，可能由於題目的關係，減少了它的張力，因此我們非常冒昧地將原來的題目改成〈家信〉，以增加小說更大的吸引力。如果您不同意，請將它改回原來的題目。

作者李廣田（一九〇六～一九六八），山東鄒平人，當代詩人、小說家、文學評論家。就讀北大時與卞之琳、何其芳合出《漢園集》，人稱「漢園三詩人」。抗戰時任教西南聯大，大陸易幟後仍在教育界工作，後調雲南，任中科院雲南分院文學研究所所長。文革時遭迫害而死。

在這篇所選的小說裡，寫出一個窮苦的農村家庭，兒子到關外墾荒去了，母親因思念而害病，父親周旋其間，演出一場又一場人倫的場景。事實是：兒子的最後一封信，是友人為他寫的報喪信，做父親的編造故事來安慰妻子。一次又一次，編造出來的故事，竟然連自己也陷入編造的謊言中。故事聽完了，它帶給我們的悲苦，卻一直沒有消失……

李廣田與夫人王蘭馨，一九六〇年冬攝於昆明。

大淖記事

汪曾祺作

一

這地方的地名很奇怪，叫做大淖。全縣沒有幾個人認得這個淖字。縣境之內，也再沒有別的叫做什麼淖的地方。據說這是蒙古話。那麼這地名大概是元朝留下的。元朝以前這地方有沒有，叫做什麼，就無從查考了。

淖，是一片大水。說是湖泊，似還不夠，比一個池塘可要大得多，春夏水盛時，是頗爲浩淼的。這是兩條水道的河源。淖中央有一條狹長的沙洲。沙洲上長滿茅草和蘆荻。春初水暖，沙洲上冒出很多紫紅色的蘆芽和灰綠色的蔞蒿，很快就是一片翠綠了。夏天，茅草、蘆荻都吐出雪白的絲穗，在微風中不住地點頭。秋天，全都枯黃了，就被人割去，加到自己的屋頂上去了。冬天，下雪，這裡總比別處先白。化雪的時候，也比別處化得慢。河水解凍了，發綠了，沙洲上的殘雪還亮晶晶地堆積著。

這條沙洲是兩條河水的分界處。從淖裡坐船沿沙洲西面北行，可以看到高阜上的幾家炕房。綠柳叢中，露出雪白的粉牆，黑漆大書四個字：「雞鴨炕房。」非常顯眼。炕房門外，照例都有一塊小小土坪，有幾個人坐在樹樁上負曝閒談。不時有人從門裡挑出一副很大的扁圓的竹籠，籠口絡著繩網，裡面是松花黃色的，毛茸茸，挨挨擠擠，啾啾亂叫的小雞小鴨。

由沙洲往東，要經過一座漿坊。漿是漿衣服用的。這裡的人，衣服被裡洗過後，都要漿一漿。漿過的衣服，穿在身上沙沙作響。漿是芡實水磨，加一點明礬，澄去水分，曬乾而成。這東西是不值什麼錢的。一大盆衣被，只要到雜貨店花兩三個銅板，買一小塊，用熱水沖開，就足夠用了。但是全縣漿粉都由這家供應（這東西是家家用得著的），所以規模也不算小。

漿坊有四五個師傅忙碌著。餵著兩頭毛驢，輪流上磨。漿坊門外，有一片平場，太陽好的時候，每天曬著漿塊，白得叫人眼睛都睜不開。炕房、漿坊附近還有幾家買賣荸薺、茨菇、菱角、鮮藕的鮮貨行，集散魚蟹的魚行和收購青草的草行。過了炕房和漿坊，就都是田疇麥壟，牛棚水車，人家的牆上貼著黑黃色的牛屎粑粑，——牛糞和水，拍成餅狀，直徑半尺，整齊地貼在牆上晾乾，作燃料，已經完全是農村的景色了。由大淖北去，可至北鄉各村。東去可至一溝、二溝、三垛，直達鄰縣興化。

大淖的南岸，有一座漆成綠色的木板房，房頂、地面，都是木板的。這原是一個輪船公司。靠外手是候船的休息室。往裡去，臨水，就是碼頭。原來曾有一隻小輪船，往來本城和興化，隔日一班，單日開走，雙日返回。小輪船漆得花花綠綠的，飄著萬國旗，機器突突地響，煙筒冒著黑煙，裝貨、卸貨，上客、下客，也有賣牛肉，高粱酒、花生瓜子、芝麻灌香糖的小販，吆吆喝喝，是熱鬧過一陣的。後來因爲公司賠了本，股東無意繼續經營，就賣船停業了。這間木板房子倒沒有拆去。現在裡面空蕩蕩、冷清清，只有附近的野孩子到候船室來唱戲玩，棍棍棒棒，亂打一氣；或到碼頭上比賽撒尿。七八個小傢伙，齊齊地站成一排，把一泡泡騷尿嘩嘩地撒到水裡，看誰尿得最遠。

大淖指的是這片水，也指水邊的陸地。這裡是城區和鄉下的交界處。從輪船公司往南，穿過一條深巷，就是北門外東大街了。坐在大淖的水邊，可以聽到遠遠地一陣一陣朦朦朧朧的市聲，但是這裡的一切和街裡不一樣。這裡沒有一家店鋪。這裡的顏色、聲音、氣味和街裡不一樣。這裡的人也不一樣。他們的生活，他們的風俗，他們的是非標準、倫理道德觀念和街裡的穿長衣念過「子曰」的人完全不同。

由輪船公司往東往西，各距一箭之遙，有兩叢住戶人家。這兩叢人家，也是互不相同的，各是各鄉風。

二

西邊是幾排錯錯落落的低矮的瓦屋。這裡住的是做小生意的。他們大都不是本地人，是從下河一帶，興化、泰州、東台等處來的客戶。賣紫蘿蔔的（紫蘿蔔是比荸薺略大的扁圓形的蘿蔔，外皮染成深藍紫色，極甜脆），賣風菱的（風菱是很大的兩角的菱角，殼極硬），賣山裡紅的，賣熟藕（藕孔裡塞了糯米煮熟）的。還有一個從寶應來的賣眼鏡的，一個從杭州來的賣天竺筷的。他們像一些候鳥，來去都有定時。來時，向相熟的人家租一間半間屋子，住上一陣，有的住得長一些，有的短一些，到生意做完，就走了。他們都是日出而作，日入而息。吃罷早飯，各自背著、扛著、挎著、舉著自己的貨色，用不同的鄉音，不同的腔調，吟唱吆喚著上街了。到太陽落山，又都像鳥似的回到自己的窩裡。於是從這些低矮的屋簷下就都飄出帶點甜味而又嗆人的炊煙（所燒的柴草都是半乾不濕的）。他們做的都是小本生意，賺錢不大。因爲是在客邊，對人很和氣，凡事忍讓，所以這一帶平常總是安安靜靜的，很少有吵嘴打架的事情發生。

這裡還住著二十來個錫匠，都是興化幫。這地方興用錫器，家家都有幾件錫制的傢伙。香爐、蠟台、痰盂、茶葉罐、水壺、茶壺、酒壺，甚至尿壺，都是錫的。嫁閨女時都要陪送一套錫器。最少也要有兩個能容四五升米的大錫罐，擺在櫃頂上，否則就不成其爲嫁妝。出閣的閨女生了孩子，娘家要送兩大罐糯米粥（另外還要有兩隻老母雞，一百雞蛋），裝粥用的就是娘櫃頂上的這兩個錫罐。因此，二十來個錫匠並不顯多。

錫匠的手藝不算費事，所用的家什也較簡單。一副錫匠擔子，一頭是風箱，繩系裡夾著幾塊錫板；一頭是炭爐和兩塊二尺見方，一面裱著好幾層表芯紙的方磚。錫器是打出來的，不是鑄出來的。人家叫錫匠來打錫器，一般都是自己備料，——把幾件殘舊的錫器回爐重打。錫匠在人家門道裡或是街邊空地上，支起擔子，拉動風箱，在鍋裡把舊錫化成錫水，——錫的熔點很低，不大一會就化了；然後把兩塊方磚對合著（裱紙的一面朝裡），在兩磚之間壓一條繩子，繩子按照要打的錫器圈成近似的形狀，繩頭留在磚外，把錫水由繩口傾倒過去，兩磚一壓，就成了錫片；然後，用一個大剪子剪剪，焊好接口，用一個木棰在鐵砧上敲敲打打，大約一兩頓飯工夫就成型了。錫是軟的，打錫器不像打銅器那樣費勁，也不那樣吵人。粗使的錫器，就這樣就能交活。若是細巧的，就還要用刮刀刮一遍，用砂紙打一打，用竹節草（這種草中藥店有賣的）磨得珵亮。

這一幫錫匠很講義氣。他們扶持疾病，互通有無，從不搶生意。若是合夥做活，工錢也分得很公道。這幫錫匠有一個頭領，是個老錫匠，他說話沒有人不聽。老錫匠人很耿直，對其餘的錫匠（不是他的晚輩就是他的徒弟）管教得很緊。他不許他們賭錢喝酒；囑咐他們出外做活，要童叟無欺，手腳要乾淨；不許和婦道嬉皮笑臉。他教他們不要怕事，也絕不要惹事。除了上市應活，平常不讓到處閒遊亂竄。

老錫匠會打拳，別的錫匠也跟著練武。他屋裡有好些白蠟桿、三節棍，沒事便搬到外面場地上打對兒。老錫匠說：這是消遣，也可以防身，出門在外，會幾手拳腳不吃虧。除此之外，錫匠們的娛樂便是唱唱戲。他們唱的這種戲叫做「小開口」，是一種地方小戲，唱腔本是薩滿教的香火（巫師）請神唱的調子，所以又叫「香火戲」。這些錫匠並不信薩滿教，但大都會唱香火戲。戲的曲調雖簡單，內容卻是成本大套，李三娘挑水推磨，生下咬臍郎；白娘子水漫金山；劉金定招親；方卿唱道情，……可以坐唱，也可以化了妝彩唱。遇到陰天下雨，不能出街，他們能吹打彈唱一整天。附近的姑娘媳婦都擠過來看，——聽。

老錫匠有個徒弟，也是他的侄兒，在家大排行第十一，小名就叫個十一子，外人都只叫他小錫匠。這十一子是老錫匠的一件心事。因爲他太聰明，長得又太好看了。他長得挺拔四稱，肩寬腰細，唇紅齒白，濃眉大眼，頭戴遮陽草帽，青鞋淨襪，全身衣服整齊合體。天熱的時候，敞開衣扣，露出扇面也似的胸脯，五寸寬的雪白的板帶煞得很緊。走起路來，高抬腳，輕著地，麻溜利索。錫匠裡出了這樣一個一表人才，真是雞窩裡飛出了金鳳凰。老錫匠心裡明白：唱「小開口」的時候，那些擠過來的姑娘媳婦，其實都是來看這位十一郎的。

老錫匠經常告誡十一子，不要和此地的姑娘媳婦拉拉扯扯，尤其不要和東頭的姑娘媳婦有什麼勾搭：「她們和我們不是一樣的人！」

三

輪船公司東頭都是草房，茅草蓋頂，黃土打牆，房頂兩頭多蓋著半片破缸破甕，防止大風時把茅草刮走。這裡的人，世代相傳，都是挑夫。男人、女人、大人、孩子，都靠肩膀吃飯。

挑得最多的是稻子。東鄉、北鄉的稻船，都在大淖靠岸。滿船的稻子，都由這些挑夫挑走。或送到米店，或送進哪家大戶的廒倉，或挑到南門外琵琶閘的大船上，沿運河外運。有時還會一直挑到車邏、馬棚灣這樣很遠的碼頭上。單程一趟，或五六里，或七八里、十多里不等。一二十人走成一串，步子走得很勻，很快。一擔稻子一百五十斤，中途不歇肩。一路不停地打著號子。換肩時一齊換肩。打頭的一個，手往扁擔上一搭，一二十副擔子就同時由右肩轉到左肩上來了。每挑一擔，領一根「籌子」，——尺半長，一寸寬的竹牌，上塗白漆，一頭是紅的。到傍晚憑籌領錢。

稻穀之外，什麼都挑。磚瓦、石灰、竹子（挑竹子一頭拖在地上，在磚鋪的街面上擦得刷刷地響），桐油（桐油很重，使扁擔不行，得用木槓，兩人抬一桶）……因此，一年三百六十天，天天有活幹，餓不著。

十三四歲的孩子就開始挑了。起初挑半擔，用兩個柳條笆斗。練上一二年，人長高了，力氣也夠了，就挑整擔，像大人一樣的掙錢了。

挑夫們的生活很簡單：賣力氣，吃飯。一天三頓，都是乾飯。這些人家都不盤灶，燒的是「鍋腔子」——黃泥燒成的矮甕，一面開口燒火。燒柴是不花錢的。淖邊常有草船，鄉下人挑蘆柴入街去賣，一路總要撒下一些。凡是尚未挑擔掙錢的孩子，就一人一把竹把，到處去摟。因此，這些頑童得到一個稍帶侮辱性的稱呼，叫做「筢草鬼子」。有時懶得費事，就從鄉下人的草擔上猛力拽出一把，拔腿就溜。等鄉下人撂下擔子叫罵時，他們早就沒影兒了。鍋腔子無處出煙，煙子就橫溢出來，飄到大淖水面上，平鋪開來，停留不散。這些人家無隔宿之糧，都是當天買，當天吃。吃的都是脫粟的糙米。一到飯時，就看見這些茅草房子的門口蹲著一些男子漢，捧著一個藍花大海碗，碗裡是骨堆堆的一碗紫紅紫紅的米飯，一邊堆著青菜小魚，臭豆腐、醃辣椒，大口大口地在呑食。他們吃飯不怎麼嚼，只在嘴裡打一個滾洜咕咚一聲就嚥下去了。看他們吃得那樣香，你會覺得世界上再沒有比這個飯更好吃的飯了。

他們也有年，也有節。逢年過節，除了換一件乾淨衣裳，吃得好一些，就是聚在一起賭錢。賭具，也是錢。打錢，滾錢。打錢：各人拿出一二十銅元，疊成很高的一摞。參與者遠遠地用一個錢向這摞銅錢砸去，砸倒多少取多少。滾錢又叫「滾五七寸」。在一片空場上，各人放一摞錢；一塊整磚支起一個斜坡，用一個銅元由磚面落下，向錢注密處滾去，錢停住後，用事前備好的兩根草棍量一量，如距錢注五寸，滾錢者即可吃掉這一注；距離七寸，反賠出與此注相同之數。這種古老的博法使挑夫們得到極大的快樂。旁觀的閒人也不時大聲喝采，爲他們助興。

這裡的姑娘媳婦也都能挑。她們挑得不比男人少，走得不比男人慢。挑鮮貨是她們的專業。大概是覺得這種水淋淋的東西對女人更相宜，男人們是不屑於去挑的。這些「女將」都生得頎長俊俏，濃黑的頭髮上塗了很多梳頭油，梳得油光水滑（照當地說法是：蒼蠅站上去都會閃了腿）。腦後的髮髻都極大。髮髻的大紅頭繩的髮根長到二寸，老遠就看到通紅的一截。她們的髮髻的一側總要插一點什麼東西。清明插一個柳球（楊柳的嫩枝，一頭拿牙咬著，把柳枝的外皮連同鵝黃的柳葉使勁往下一抹，成一個小小球形），端午插一叢艾葉，有鮮花時插一朵梔子，一朵夾竹桃，無鮮花時插一朵大紅剪絨花。因為常年挑擔，衣服的肩膀處易破，她們的托肩多半是換過的。舊衣服，新托肩，顏色不一樣，這幾乎成了大淖婦女的特有的服飾。一二十個姑娘媳婦，挑著一擔擔紫紅的荸薺、碧綠的菱角、雪白的連枝藕，走成一長串，風擺柳似的嚓嚓地走過，好看得很！

她們像男人一樣的掙錢，走相、坐相也像男人。走起來一陣風，坐下來兩條腿叉得很開。她們像男人一樣赤腳穿草鞋（腳指甲卻用鳳仙花染紅）。她們嘴裡不忌生冷，男人怎麼說話她們怎麼說話，她們也用男人罵人的話罵人。打起號子來也是「好大娘個歪歪子咧！」

——「歪歪子咧……」

沒出門子的姑娘還文雅一點，一做了媳婦就簡直是「姜太公在此百無禁忌」，要多野有多野。有一個老光棍黃海龍，年輕時也是挑夫，後來腿腳有了點毛病，就在碼頭上看看稻船，收收籌子。這老頭兒老沒正經，一把鬍子了，還喜歡在媳婦們的胸前屁股上摸一把，擰一下。按輩分，他應當被這些媳婦稱呼一聲叔公，可是誰都管他叫「老騷鬍子」。有一天，他又動手動腳的，幾個媳婦 咬耳朵，一二三，一齊上手，眨眼之間叔公的褲子就掛在大樹頂上了。有一回，叔公聽見賣餃麵的挑著擔子，敲著竹梆走來，他又來勁了：「你們敢不敢到淖裡洗個澡？——敢，我一個人輸你們兩碗餃面！」——「眞的？」——「眞的！」——「好！」幾個媳婦脫了衣服跳到淖裡撲通撲通洗了一會。爬上岸就大聲喊叫：「下麵！」

這裡人家的婚嫁極少明媒正娶，花轎吹鼓手是掙不著他們的錢的。媳婦，多是自己跑來的；姑娘，一般是自己找人。他們在男女關係上是比較隨便的。姑娘在家生私孩子；一個媳婦，在丈夫之外，再「靠」一個，不是稀奇事。這裡的女人和男人好，還是惱，只有一個標準：情願。有的姑娘、媳婦相與了一個男人，自然也跟他要錢買花戴，但是有的不但不要他們的錢，反而把錢給他花，叫做「倒貼」。

因此，街裡的人說這裡「風氣不好」。

到底是哪裡的風氣更好一些呢？難說。

四

大淖東頭有一戶人家。這一家只有兩口人，父親和女兒。父親名叫黃海蛟，是黃海龍的堂弟（挑夫裡姓黃的多）。原來是挑夫裡的一把好手。他專能上高跳。這地方大糧行的「窩積」（長條蘆席圍成的糧囤），高到三四丈，只支一隻單跳，很陡。上高跳要提著氣一口氣竄上去，中途不能停留。遇到上了一點歲數的或者「女將」，抬頭看看高跳，有點含糊，他就走過去接過一百五十斤的擔子，一支箭似的上到跳頂，兩手一提，把兩籮稻子倒在「窩積」裡，隨即三五步就下到平地。因爲爲人忠誠老實，二十五歲了，還沒有成親。那年在車邏挑糧食，遇到一個姑娘向他問路。這姑娘留著長長的劉海，梳了一個「蘇州俏」的髮髻，還抹了一點胭脂，眼色張皇，神情焦急，她問路，可是連一個準地名都說不清，一看就知道是大戶人家逃出來的使女。黃海蛟和她攀談了一會，這姑娘就表示願意跟著他過。她叫蓮子。——這地方丫頭、使女多叫蓮子。

蓮子和黃海蛟過了一年，給他生了個女兒。七月生的，生下的時候滿天都是五色雲彩，就取名叫做巧雲。

蓮子的手很巧、也勤快，只是愛穿件華絲葛的褲子，愛吃點瓜子零食，還愛唱「打牙牌」之類的小調：「涼月子一出照樓梢，打個呵欠伸懶腰，瞌睡子又上來了。哎喲，哎喲，瞌睡子又上來了……」這和大淖的鄉風不大一樣。

巧雲三歲那年，她的媽蓮子，終於和一個過路戲班子的一個唱小生的跑了。那天，黃海蛟正在馬棚灣。蓮子把黃海蛟的衣裳都漿洗了一遍，巧雲的小衣裳也收拾在一起，悶了一鍋飯，還給老黃打了半斤酒，把孩子託給鄰居，說是她出門有點事，鎖了門，從此就不知去向了。

巧雲的媽跑了，黃海蛟倒沒有怎麼傷心難過。這種事情在大淖這個地方也值不得大驚小怪。養熟的鳥還有飛走的時候呢，何況是一個人！只是她留下的這塊肉，黃海蛟實在是疼得不行。他不願巧雲在後娘的眼皮底下委委屈屈地生活，因此發心不再續娶。他就又當爹又當媽，和女兒巧雲在一起過了十幾年。他不願巧雲去挑扁擔，巧雲從十四歲就學會結魚網和打蘆席。

巧雲十五歲，長成了一朵花。身材、臉盤都像媽。瓜子臉，一邊有個很深的酒窩。眉毛黑如鴉翅。長入鬢角。眼角有點吊，是一雙鳳眼。睫毛很長，因此顯得眼睛經常是眯晞著；忽然回頭，睜得大大的，帶點吃驚而專注的神情，好像聽到遠處有人叫她似的。她在門外的兩棵樹權之間結網，在淖邊平地上織席，就有一些少年人裝著有事的樣子來來去去。她上街買東西，甭管是買肉、買菜、打油、打酒，撕布、量頭繩，買梳頭油、雪花膏，買石鹼、漿塊，同樣的錢，她買回來，份量都比別人多，東西都比別人的好。這個奧秘早被大娘、大嬸們發現，她們都託她買東西。只要巧雲一上街，都挎了好幾個竹籃，回來時壓得兩個胳臂疼痠疼。泰山廟唱戲，人家都自己扛了板凳去。巧雲散著手就去了。一去了，總有人給她找一個得看的好座。台上的戲唱得正熱鬧，但是沒有多少人叫好。因爲好些人不是在看戲，是看她。

巧雲十六了，該張羅著自己的事了。誰家會把這朵花迎走呢？炕房的老大？漿坊的老二？鮮貨行的老三？他們都有這意思。這點意思黃海蛟知道了，巧雲也知道。不然他們老到淖東頭來回晃搖是幹什麼呢？但是巧雲沒怎麼往心裡去。

巧雲十七歲，命運發生了一個急轉直下的變化。她的父親黃海蛟在一次挑重擔上高跳時，一腳踏空，從三丈高的跳板上摔下來，摔斷了腰。起初以爲不要緊，養養就好了。不想喝了好多藥酒，貼了好多膏藥，還不見效。她爹半癱了，他的腰再也直不起來了。他有時下床，扶著一個剃頭擔子上用的高板凳，格登格登地走一截，平常就只好半躺下靠在一摞被窩上。他不能用自己的肩膀爲女兒掙幾件新衣裳，買兩枝花，卻只能由女兒用一雙手養活自己了。還不到五十歲的男子漢，只能做一點老太婆做的事：績了一捆又一捆的供女兒結網用的麻線。事情很清楚：巧雲不會撇下她這個老實可憐的殘廢爹。誰要願意，只能上這家來當一個倒插門的養老女婿。誰願意呢？這家的全部家產只有三間草屋（巧雲和爹各住一間，當中是一個小小的堂屋）。老大、老二、老三時不時走來走去，拿眼睛瞟著隔著一層魚網或者坐在雪白的蘆席上的一個苗條的身子。他們的眼睛依然不缺乏愛慕，但是減少了幾分急切。

老錫匠告誡十一子不要老往淖東頭跑，但是小錫匠還短不了要來。大娘、大嬸、姑娘、媳婦有舊壺翻新，總喜歡叫小錫匠來。從大淖過深巷上大街也要經過這裡，巧雲家門前的柳陰是一個等待雇主的好地方。巧雲織席，十一子化錫，正好做伴。有時巧雲停下活計，幫小錫匠拉風箱。有時巧雲要回家看看她的殘廢爹，問他想不想吃菸喝水，小錫匠就壓住爐裡的火，幫她織一氣席。巧雲的手指劃破了（織席很容易劃破手，壓扁的蘆葦薄片，刀一樣的鋒快），十一子就幫她吮吸指頭肚子上的血。巧雲從十一子口裡知道他家裡的事：他是個獨子，沒有兄弟姐妹。他有一個老娘，守寡多年了。他娘在家給人家做針線，眼睛愈來愈不好，他很擔心她有一天會瞎……。

好心的大人路過時會想：這倒眞是兩隻鴛鴦，可是配不成對。一家要招一個養老女婿，一家要接一個當家媳婦，弄不到一起。他們倆呢，只是很願意在一處談談坐坐。都到歲數了，心裡不是沒有。只是像一片薄薄的雲，飄過來，飄過去，下不成雨。

有一天晚上，好月亮，巧雲到淖邊一隻空船上去洗衣裳（這裡的船泊定後，把槳拖到岸上，寄放在熟人家，船就拴在那裡，無人看管，誰都可以上去）。她正在船頭把身子往前傾著，用力涮著一件大衣裳，一個不知輕重的頑皮野孩子輕輕走到她身後，伸出兩手咯吱她的腰。她冷不防，一頭栽進了水裡。她本會一點水，但是一下子懵了。這幾天水又大，流很急。她掙扎了兩下，喊救人，接連喝了幾口水。她被水沖走了！正趕上十一子在炕房門外土坪上打拳，看見一個人衝了過來，頭髮在水上漂著。他褪下鞋子，一猛子扎到水底，從水裡把她托了起來。

十一子把她肚子裡的水控了出來，巧雲還是昏迷不醒。十一子只好把她橫抱著，像抱一個嬰兒似的，把她送回去。她渾身是濕的，軟綿綿，熱呼呼的。十一子覺得巧雲緊緊挨著他，愈挨愈緊。十一子的心怦怦地跳。

到了家，巧雲醒來了。（她早就醒來了！）十一子把她放在床上。巧雲換了濕衣裳（月光照出她的美麗的少女的身體）。十一子抓一把草，給她熬了半鍋子薑糖水，讓她喝下去，就走了。

巧雲起來關了門，躺下。她好像看見自己躺在床上的樣子。月亮眞好。

巧雲在心裡說：「你是個呆子！」

她說出聲來了。

不大一會，她也就睡死了。

就在這一天夜裡，另外一個人，撥開了巧雲家的門。

五

由輪船公司對面的巷子轉東大街，往西不遠，有一個道士觀，叫做煉陽觀。現在沒有道士了，裡面住了不到一營水上保安隊。這水上保安隊是地方武裝。他們名義上歸縣政府管轄，餉銀卻由縣商會開銷，水上保安隊的任務是下鄉剿土匪。這一帶土匪很多，他們搶了人，綁了票，大都藏匿在蘆蕩湖泊中的船上（這地方到處是水），如遇追捕，便於脫逃。因此，地方紳商覺得很需要成立一個特殊的武裝力量來對付這些成幫結夥的土匪。水上保安隊裝備是很好的。他們乘的船是「鐵板劃子」——船的三面都有半人高、三四分厚的鐵板，子彈是打不透的。鐵板劃子就停在大淖岸邊，樣子很高傲。一有任務，就看見大兵們扛著兩挺水機關，用籮筐抬著多半筐子彈（子彈不用箱裝，卻使籮抬，頗奇怪），上了船，開走了。

或七八天，或十天半月，他們得勝回來了（他們有鐵板劃子，又有水機關，對土匪有壓倒優勢，很少有傷亡）。鐵板劃子靠了岸，上岸列隊，由深巷，上大街，直奔縣政府。這隊伍是四列縱隊。前面是號隊。這不到一營的人，卻有十二支號。一上大街，就「打打打滴打大打滴大打」，齊齊整整地吹起來。後面是全隊弟兄，一律荷槍實彈。號隊之後，大隊之前的正中，是捉來的土匪。有時三個五個，有時只有一個，都是五花大綁。這隊伍是很神氣的。最妙的是被綁著的土匪也一律都合著號音，步伐整齊，雄赳赳氣昂昂地走著。甚至值日官喊「一、二、三、四」，他們也隨著大聲地喊。大隊上街之前，要由地保事先通知沿街店鋪，凡有鳥籠的（有的店鋪是養八哥、畫眉的），都要收起來，因為土匪大哥看見不高興，這是他們忌諱的（他們到了縣政府，都下在大獄裡，看見籠中鳥，就無出獄希望了）。看看這樣的銅號放光，刺刀雪亮，還夾著幾個帶有傳奇色彩的土匪英雄的威武雄壯的隊伍，是這條街上的民眾的一件快樂事情。其快樂程度不下於看獅子、龍燈、高蹺、抬閣、和僧道齊全、六十四槓的大出喪。

除了下鄉辦差，保安隊的弟兄們沒有什麼事。他們除了把兩挺水機關扛到大渖邊突突地打兩梭（把渖岸上的泥土打得簌簌地往下掉），平常是難得出操、打野外的。使人們感覺到這營把人的存在的，是這十二個號兵早晚練號。早晨八九點鐘，下午四五點鐘，他們就到大渖邊來了。先是拔長音，然後各自吹幾段，最後是合吹進行曲、三環號（他們吹三環號只是吹著玩，因爲從來沒有接受檢閱的時候）。吹完號，就解散，想幹什麼幹什麼。有的，就輕手輕腳，走進一家的門外，咳嗽一聲，隨著，走了進去，門就關起來了。

這些號兵大都衣著整齊，乾淨愛俏。他們除了吹吹號，整天無事幹，有的是閒空。他們的錢來得容易，——餉錢倒不多，但每次下鄉，總有犒賞；有時與土匪遭遇，雙方談條件，也常從對方手中得到一筆錢，手面很大方，花錢不在乎。他們是保護地方紳商的軍人，身後有靠山，即或出一點什麼事，誰也無奈他何。因此，這些大爺就覺得不風流風流，實在對不起自己，也辜負了別人。

十二個號兵，有一個號長，姓劉，大家都叫他劉號長。這劉號長前後跟大淖幾家的媳婦都很熟。

撥開巧雲家的門的，就是這個號長！

號長走的時候留下十塊錢。

這種事在大淖不是第一次發生。巧雲的殘廢爹當時就知道了。他拿著這十塊錢，只是長長地嘆了一口氣。鄰居們知道了，姑娘、媳婦並未多議論，只罵了一句：「這個該死的！」

巧雲破了身子，她沒有淌眼淚，更沒有想到跳到淖裡淹死。人生在世，總有這麼一遭！只是爲什麼是這個人？眞不該是這個人！怎麼辦？拿把菜刀殺了他？放火燒了煉陽觀？不行！她還有個殘廢爹。她怔怔地坐在床上，心裡亂糟糟的。她想起該起來燒早飯了。她還得結網，織席，還得上街。她想起小時候上人家看新娘子，新娘子穿了一雙粉紅的緞子花鞋。她想起她的遠在天邊的媽。她記不得媽的樣子，只記得媽用一個筷子頭蘸了胭脂給她點了一點眉心紅。她拿起鏡子照照，她好像第一次看清楚自己的模樣。她想起十一子給她吮手指上的血，這血一定是鹹的。她覺得對不起十一子，好像自己做錯了什麼事。她非常失悔：沒有把自己給了十一子！

她的這個念頭越來越強烈。這個號長來一次，她的念頭就更強烈一分。

水上保安隊又下鄉了。

一天，巧雲找到十一子，說：「晚上你到大淖東邊來，我有話跟你說。」

十一子到了淖邊。巧雲踏在一隻「鴨撇上」上（放鴨子用的小船，極小，僅容一人。這是一隻公船，平常就拴在淖邊。大淖人誰都可以撐著它到沙洲上挑蔞蒿，割茅草，揀野鴨蛋），把篙子一點，撐向淖中央的沙洲，對十一子說：「你來！」

過了一會，十一子泅水到了沙洲上。

他們在沙洲的茅草叢裡一直待到月到中天。

月亮眞好啊！

六

十一子和巧雲的事，師兄們都知道，只瞞著老錫匠一個人。他們偷偷地給他留著門，在門窩子裡倒了水（這樣推門進來沒有聲音）。十一子常常到天快亮的時候才回來。有一天，又是這時候才推開門。剛剛要鑽被窩，聽見老錫匠說：

「你不要命啦！」

這種事情怎麼瞞得住人呢？終於，傳到劉號長的耳朵裡。其實沒有人跟他嚼舌頭，劉號長自己還不知道？巧雲看見他都討厭，她的全身都是冷淡的。劉號長嚥不下這口氣。本來，他跟巧雲又沒有拜過堂，完過花燭，閒花野草，斷了就斷了。可是一個小錫匠，奪走了他的人，這丟了當兵的臉。太歲頭上動土，這還行！這種事從來沒有發生過。連保安隊的弟兄也都覺得面上無光，在人前矬了一截。他是只許自己在別人頭上拉屎撒尿，不許別人在他臉上濺一星唾沫的。若是閉著眼過去，往後，保安隊的人還混不混了？

有一天，天還沒亮，劉號長帶了幾個弟兄，踢開巧雲家的門，從被窩里拉起了小錫匠，把他捆了起來。把黃海蛟、巧雲的手腳也都捆了，怕他們去叫人。

他們把小錫匠弄到泰山廟後面的墳地裡，一人一根棍子，摟頭蓋臉地打他。

他們要小錫匠捲舖蓋走人，回他的興化，不許再留在大淖。

小錫匠不說話。

他們要小錫匠答應不再走進黃家的門，不挨巧雲的身子。

小錫匠還是不說話。

他們要小錫匠告一聲饒，認一個錯。

小錫匠的牙咬得緊緊的。

小錫匠的硬錚把這些向來是橫著膀子走路的傢伙惹怒了，「你這樣硬！打不死你！」——

「打」，七八根棍子風一樣、雨一樣打在小錫匠的身子。

小錫匠被他們打死了。

錫匠們聽說十一子被保安隊的人綁走了，他們四處找，找到了泰山廟。

老錫匠用手一探，十一子還有一絲悠悠氣。老錫匠叫人趕緊去找陳年的尿桶。他經驗過這種事，打死的人，只有喝了從桶裡刮出來的尿鹼，才有救。

十一子的牙關咬得很緊，灌不進去。

巧雲捧了一碗尿鹼湯，在十一子的耳邊說：「十一子，十一子，你喝了！」

十一子微微聽見一點聲音，他睜了睜眼。巧雲把一碗尿鹼湯灌進了十一子的喉嚨。

不知道爲什麼，她自己也嘗了一口。

錫匠們摘了一塊門板，把十一子放在門板上，往家裡抬。

他們抬著十一子，到了大淖東頭，還要往西走。巧雲攔住了：

「不要。抬到我家裡。」

老錫匠點點頭。

巧雲把屋裡存著的魚網和蘆席都拿到街上賣了，買了七厘散，醫治十一子身子裡的瘀血。

東頭的幾家大娘、大嬸殺了下蛋的老母雞，給巧雲送來了。

錫匠們湊了錢，買了人參，熬了參湯。

挑夫，錫匠，姑娘，媳婦，川流不息地來看望十一子。他們把平時在辛苦而單調的生活中不常表現的熱情和好心都拿出來了。他們覺得十一子和巧雲做的事都很應該，很對。大淖出了這樣一對年輕人，使他們覺得驕傲。大家的心喜洋洋，熱呼呼的，好像在過年。

劉號長打了人，不敢再露面。他那幾個弟兄也都躲在保安隊的隊部裡不出來。保安隊的門口加了雙崗。這些好漢原來都是一窩「草雞」！

錫匠們開了會。他們向縣政府遞了呈子，要求保安隊把姓劉的交出來。

縣政府沒有答覆。

錫匠們上街遊行。這個遊行隊伍是很多人從未見過的。沒有旗子，沒有標語，就是二十來個錫匠挑著二十來副錫匠擔子，在全城的大街上慢慢地走。這是個沉默的隊伍，但是非常嚴肅。他們表現出不可侵犯的威嚴和不可動搖的決心。這個帶有中世紀行幫色彩的遊行隊伍十分動人。

遊行繼續了三天。

第三天，他們舉行了「頂香請願」。二十來個錫匠，在縣政府照壁前坐著，每人頭上用木盤頂著一爐熾旺的香。這是一個古老的風俗：民有沉冤，官不受理，被逼急了的百姓可以用香火把縣大堂燒了，據說這不算犯法。

這條規矩不載於《六法全書》，現在不是大清國，縣政府可以不理會這種「陋習」。但是這些錫匠是橫了心的，他們當眞幹起來，後果是嚴重的。縣長邀請縣裡的紳商商議，一致認爲這件事不能再不管。於是由商會會長出面，約請了有關的人：一個承審——作爲縣長代表，保安隊的副官，老錫匠和另外兩個年長的錫匠，還有代表挑夫的黃海龍，四鄰見證，——賣眼鏡的寶應人，賣天竺筷的杭州人，在一家大茶館裡舉行會談，來「了」這件事。

會談的結果是：小錫匠養傷的藥錢由保安隊負擔（實際是商會拿錢），劉號長驅逐出境。由劉號長畫押具結。老錫匠覺得這樣就給錫匠和挑夫都掙了面子，可以見好就收了。只是要求在劉某人的甘結上寫上一條：如果他再踏進縣城一步，任憑老錫匠一個人把他收拾了！

過了兩天，劉號長就由兩個弟兄持槍護送，悄悄地走了。他被調到三垛去當了稅警。

十一子能進一點飲食，能說話了。巧雲問他：

「他們打你，你只要說不再進我家的門，就不打你了，你就不會吃這樣大的苦了。你爲什麼不說？」

「你要我說麼？」

「不要。」

「我知道你不要。」

「你值麼。」

「我值。」

「十一子，你眞好！我喜歡你！你快點好。」

「你親我一下，我就好得快。」

「好，親你！」

巧雲一家有了三張嘴。兩個男的不能掙錢，但要吃飯。大淖東頭的人家都沒有積蓄，也沒有什麼東西可以變賣典押。結魚網，打蘆席，都不能當時見錢。十一子的傷一時半會不會好，日子長了，怎麼過呢？巧雲沒有經過太多考慮，把爹用過的籮筐找出來，磕磕塵土，就去挑擔挣「活錢」去了。姑娘媳婦都很佩服她。起初她們怕她挑不慣，後來看她腳下很快，很勻，也就放心了。從此，巧雲就和鄰居的姑娘媳婦在一起，挑著紫紅的荸薺、碧綠的菱角、雪白的連枝藕，風擺柳似地穿街過市，髮髻的一側插著大紅花。她的眼睛還是那麼亮，長睫毛忽扇忽扇的。但是眼神顯得更深沉，更堅定了。她從一個姑娘變成了一個很能幹的小媳婦。

十一子的傷會好麼？

會。

當然會！

故事的背後

汪曾祺（一九二〇～一九九七），江蘇高郵人。是中國當代最出色的作家。他的散文如行雲流水，日常瑣事在他筆下無不妙趣叢生。他是沈從文的學生，抗戰時期受教於西南聯大中文系，他的寫作手法變化繁多，早期作品《復仇》，是中國新文學中最早運用意識流手法的作品，嗣後，純用寫實手法混雜六朝筆記小說的妙趣，創造了一種獨特的風格。

他的小說都是短篇，但把這些短篇一一結合起來，又反映了一個時代的變化。

這些作品大約可分為三大類。一種是以他的故鄉江蘇高郵為基點，反映了清末民初的中國社會，一種以雲南的昆明為基點，反映了抗戰時代的艱苦，一種以他被下放的內蒙古為基點，反映了最近社會的苦難。而他自稱他作品的主軸是中國的農民性格，其主調是儒家的倫理親情。正因為如此，在他的作品中散發著深厚的農民的厚重和寬和。〈大淖記事〉就是以高郵為背景而寫出的這類小說。大淖是高郵地方的一個小水泊，在這裡有著各種人的生活面貌，而巧雲和十一子的受盡苦難的愛情卻顯示了人性最偉大的光輝。

小說中，無論人物的天真爽朗，鄉人的誠摯，地方的風光，都一一呈現清新的風格。

洞簫

葉笛作

在一個夏天的夜晚，我在鴻飛家的院子裡，喝茶閒聊天。我們闊別多年，一旦相聚，當然「上窮碧落下黃泉」的，無所不談。我們忘記時間。直到風寒露冷的時候。這時，從藍黑色的夜裡，涼幽幽的海風裡，飄來洞簫聲……如泣如訴，如怨如慕，嗚嗚然飄散在天籟中。我倆不約而同地沉默不語了。我的心隨著洞簫的迴音，飄、飄、飄、飄進了一個朦朧的夢裡。

「誰在吹洞簫？這麼動人！」我側過臉問鴻飛。

「我的三叔公。」鴻飛把茶杯從嘴邊移開，望著我，彷彿在我的臉上發現了什麼似的。

裡。

「我們去聽聽好不好？」

「去那邊？不！聽洞簫要遠一點才好。」鴻飛活像深知其妙似的，反對著。

「當然，我知道欣賞音樂需要距離，正如我們欣賞美，但，我想看看那個人。」

「好吧，你永遠是個好奇的人，我不好拗你。」鴻飛站起來，把桌子上的茶杯放進盤子裡。

我們拐過兩間大房屋，在古井的老榕樹邊停下來。月光下。蓊鬱的老榕樹顯得蒼老，遒勁而陰森。地上，篩過茂密的葉子映著斑駁的月光如同凋零的梅花。石板凳上坐著一個老人，他的一隻腳搭在另一隻腿上，無意識地跟著節拍擺動著。他把胸和背挺得很直，如果不是他有一頭灰白的髮絲，那背影是令人難以相信他是個老人的。在流水一般的音波裡，他忘記了自己。

「三叔公！」鴻飛輕聲地喊著。——老人如夢初醒似的轉過身來。

「哦：阿鴻，你還沒睡？」老人溫慈的低沉的聲音裡含著微微的驚訝。

「我們來聽你吹洞簫。」鴻飛說著，把我推向前，「三叔公，他是我的同學。」我向老人點了點頭。

「嗯！從城市來我們鄉下，來、來，這邊兒坐吧。」老人指著面前石板凳。

「三叔公，他要聽你吹洞簫。」

「唤，你喜歡聽洞簫，年輕人喜歡洞簫的很少。」他注視著我忸怩的樣子，兩隻手轉動著洞簫。

我的眼光被那黑褐色的，小孔的邊緣被磨得凹下去的洞簫吸住了。很顯然的，「時間」和「主人的指頭」在洞簫上烙印著痕跡。

「這隻洞簫已經好多年了吧？」我一邊問老人，一邊回顧鴻飛，鴻飛正抿嘴笑著。

「有百多年了。」

「那麼，這是家寶啦？」

「也可以說，但，這是別人的遺物。」老人彷彿從自己的聲音裡又發現什麼似的，「這隻洞簫有一個故事呢。」說過又意味深長地望著我們。

從那老人沉思的神態，發亮的黑褐色的洞簫，一種不由自主好奇激動了我。

「請您將那個故事講給我們聽好嗎？」我懇求著。

如果你們想聽，我可以講，這隻故事太老了，在孩子的時候，我的老祖父常講給我聽的。」老人說著，便慢條斯理地開始他的故事……

好多年前，當我的祖父還在地上爬的時候。在某年夏季，發生了一次瘟疫，可怕的瘟疫蔓延得非常快。當時，醫學不發達，既不知病名，更不知如何預防，鄉民們只有在命運的黑手下，像屠殺場的羔羊一般地顫慄著，許多男女老幼，甚至，也有全家人罹病死去的。你可以想像被死亡所詛咒的村人是多麼悲慘。「命運」兩字在生命暗淡的時辰，的確給了人們一種絕望安慰；因為，我們人類在神秘的力量的壓迫下，常會本能地變成「宿命論」者。也許是命運對這個貧瘠的漁鄉，還有一份慈悲吧。不久，那使人心驚膽寒的瘟疫消失了。但，它留下怵目驚心的印記——荒丘上平添了纍纍的新墳。

秋來了，秋祭的時辰，虎口餘生的鄉民為了感激神和祖宗們對他們的慈愛和保庇，殺豬宰羊，祭神啦，設壇超度啦，凡能阿諛神的，取悅亡魂的各種事情都舉行了。你知道的，每逢鄉村裡有廟會時，總是少不了南管的。在這一帶南管是惟一的音樂。是天之驕子，提起南管，誰不知道鳳仔呢？他是村中南管的領班，這濱海的漁鄉無不請他設館教授的，他擅長洞簫，大家稱他為聖手——自從大前年秋天外縣請他去設館，一直沒有回來過，現在正值村子裡祖宗們的秋祭，人們又提起他了，大家都有這種揣想：假如鳳仔回來，他將怎樣呢？當他發現自己的母親、妻子、一對子女都被瘟疫攫去而變成荒墳裡的居民的時候，他將怎樣承受這種打擊呢？呵！不幸的人。我的曾祖父地也這樣為他懷憂而悲戚的。因為我的祖父會吹一口好洞簫，與鳳仔是莫逆之友。

在一個晚秋的黃昏。村子東邊的大路出現了一個旅行裝束的人。他平勻地邁著步。從笠帽下露出的半臉和迅疾地掃視著周遭的眼光。我們可以這樣推測的：這個旅客一定懷著一顆渴望的心。他的眼光閃著一種迷惑、一種失望。的確的，如果過去你曾熟悉這個村莊，現在看到它，你將驚嘆它的景象全非。海風席捲著落葉，揚起濛濛的塵埃，村子東邊生銹了的木麻黃林有烏鴉啼叫的聲音，落寞，蕭索，黃昏的村莊沉落在淒涼的晚秋的悽涼裡。像熄滅了火似的荒寂，路上少有人影。

讓我們跟蹤這個風塵僕僕的旅客吧。他一直走著，走到村子尾端的石橋，拱門式的古石橋下，躺著乾癟的老婦一般乾涸的河，幾條瘦細的流水，無聲地流著，像月光下掛在人臉上的幾條淚痕……他站在石橋上，把笠帽往後拉了一下，露出了全部臉孔。他的嘴角泛著微笑，彷彿尋找到渴望已久的夢似的，一種喜慰和輕鬆的慵倦包圍著他。他輕舒一口氣，步下石橋。哦，我們太疏忽了：爲什麼我們沒有看見，那旅客的腰邊的小包袱裡有一管褐色的洞簫呢？而當你發見僕僕風塵的遠行客，身影不離的帶著洞簫，你將會有這種念頭吧：這個人一定是個善於吹洞簫的，或者，剛學習洞簫而發瘋地熱愛著它的人。

他走過石橋，向左拐個彎，在門兩旁植著高大的木麻黃的房屋前面停下來。他親切地注視著老屋，一種沉默的溫情的光輝閃在他臉上——也許是他的慈母出現在他的腦海，用熟悉的慰貼的聲音呼喚著他？也許是他的妻子——那無論什麼時候都用撫媚的微笑和默默的柔情，豐滿了他的生命的可愛的女人，在他心裡喚起愛的喜悅的微顫？也許是愛兒們向他蹣跚地走過來，向他伸著小胳膊要他抱他們，用口齒不清的聲音喊著爸爸？——這些想像在他的心裡，多生動地，多疾速地，激動著喲！

他上前推門了。但，疑惑湧上了心頭——還是黃昏，爲什麼關著門呢？爲什麼如此寂靜呢？爲什麼周遭如此落寞而污穢呢？憂懼、迷惑、空虛籠罩著他的眼睛，霎時，不幸的預感，攫住了他。

「翠琴仔！」他的聲音帶著潮濕的顫動。

門開了！他跨入門檻。房內寂然無聲、幽暗、潮濕、凝滯不動的空氣裡一股霉氣刺進他的鼻子，森然的陰氣使他悚然發愣了。門、窗、屋簷、屋角、桌椅、蓋著灰塵、蜘蜘網顫動著，閃著幽光……。他像夢遊病者環視著四周。茫然若失……他的眼光落在廳堂的大桌上，在小神龕像前有一個新的朱漆的神位，他懼怕著似的把身子移近神位，哦——嶄新的神位和瘟疫在他的意識裡忽地閃過，不！雖然他在異鄉曾經耳聞家鄉有過一次瘟疫，但，也不能相信自己夙夜思念的親人，罹病死去，不，這是可怕的，可怕的，他臉孔蒼白，額角滲透著冷汗，嘴角抽搐著，一種無告的絕望的悲哀的暈眩重重地鍾倒了他，暈眩，暈眩，暈眩，他覺得渾身的氣力從腳底被潮濕的土地吸盡了。供桌，房屋，旋轉著，一個神位幻化成無數神位，繞著他旋轉著，一切都不停息地急速地旋轉著，一種超越過他的感覺所能支持的力量把他捲入深幽無底的暗谷，亂射的光圈，一片黑暗，永恆的刹那的黑暗，天旋地轉——他失去知覺，癱瘓在地上……

當他從昏厥中醒來，黃昏的殘暉，從緊閉的扉屍流過來，光線映在爐灶上。爐灶上，一隻蟋蟀經不起孤獨似的，幽幽地，凄涼地悲切地哭泣著，這聲音，彷彿來自深邃的幽谷，多麼吻合他的情緒呵！他跌坐在古老的椅子上，凝視著鳴叫的蟋蟀，聆聽著那哀戚的聲音，那聲音多幽怨，多深沉而哀鬱。

黃昏，憂鬱的，靜靜的……

房屋，憂鬱的，靜靜的……

他的心，靜靜的，靜如一塊頑石……

他沒有眼淚，因爲過多的不幸和哀傷吸乾了他的眼淚，他像一尊無感覺的蒼白雕像。

許久，許久，他木然的呆坐著，祇有一種意識盤旋在心裡，他們死了，死了，死了！

許久，許久，他才了解死亡的意義：他們永遠不會微笑了，永遠不會說話了，永遠離開了？他再不能看見母親溫暖的眼光，他再不能聽見愛妻在愛情的夜裡擁抱著他，在他的耳畔囁嚅的幸福的語言了。他再不能摸撫那裂著小嘴，傻笑的兒女，親親他們白嫩的雙頰了！他第一次發現他們的死亡對於他的生命的創傷，他的心碎裂了！鮮紅的，鮮紅的血流注在他的心上！「死亡」，黑暗的死亡——沒有聲音。一個鮮活活的人，被剝奪微笑，說話，一切感情的權利，這是殘酷的，悽慘的，不堪想像的，但，這是鐵的事實，他的親愛的家人死了！熱淚，一顆顆的，沉默的，涔涔的，濡濕了他的水冷的面頰。

黃昏的翅膀落盡了，憂鬱的黑夜的寡婦來了。夜多黝黑，多溫柔，罪惡地不幸地溫柔！

………

當初巨大的痛苦使他不能感覺痛苦，但，哀傷的溫柔的淚水潤濕了麻木的心智，現在，他起始覺到酸痛的悲哀怎樣地吞噬著他，他的心酸辣辣的，他的四肢無力而冰涼，他希望自己的心停止活動，永遠地停止活動，好讓殘酷的事實不再肆虐，然而，他可憐的心不住地呼喚著那些和他的生命不可分的名字…………

吱吱吱，蟋蟀鼓動翅膀無力地鳴叫著。從爐灶上爬出來，爬到桌腳邊去了。他聽見那聲音，他俯身拾起掉落在地上的包袱，抽出那隻黑褐色的洞簫。咬了咬嘴唇。吹起了洞簫。聽！那聲音像嗚咽的風。嗚咽的流水，嗚咽的亡魂，低低的，低低的，幽幽的，幽幽的，在黑闇的夜裡，在黑夜的天空裡，在縈繞著的海灘木麻黃林子裡，在呼嘯的海風中顫慄著的草叢裡，在追逐著命運的小屋裡，迴腸蕩氣地飄著，月亮蒼白了，星光黯然了，而一顆心死去了——無可言喻的悲哀征服了世界！一切都在那聲音裡沉下去了！

蒼白的月光從窗子的縫隙裡含情地探望著吹洞簫的人，他把身子微向後仰著，臉上有一種悲哀淨化了的聖潔的光輝，對於他，世界不復存在，他不屬於聲音，但，那飄流迴漩的音波來自他深邃的肺腑，他的幽怨的，哀鬱的，淒楚的，絕望的心！

他吹奏著，一遍又一遍的吹著古老的歌，低沉的，悲鬱的，傷感的聲音驚動了四鄰，他們驚訝著那一間鬼屋流出的洞簫聲。於是鄰居們揣想：也許是鳳仔回來啦？但，他爲什麼不打聽一下家人的消息，卻盡無休止地吹著洞蕭呢？三兩個好奇的人們擠攏在半開著的門前切切私議著。他們把頭探進幽黯的門內，發現坐在椅子吹奏洞簫的人，正是鳳仔。

你且看他怎樣地吹送著怎樣一種聲音喲！他那手指多靈活！彷彿每個指尖都有特殊的生命指揮著一般，在六個小孔上，蠕動著，跳著，壓著，顫動著，那聲音，悲怨而美麗，哀傷而陶醉……可是，這些聲音對於鄰居們又有什麼呢？他們希望的是他會向他們詢問家人的變故，而他們告訴他的不幸的消息，會使他以淚洗面，哀傷不能自己，但，他呢？他卻坐在那裡吹著洞蕭，他們想：他悲哀著嗎？也許那嶄新的神位早已使他了解他自身的不幸了吧？然而，他爲什麼還像平常一般鎮靜地吹著洞簫呢？這不是人怪了嗎？他們議論著。

「鳳仔，」他們中的一個年長的人喊著地：「你什麼時候回來的？」

沒有回聲…………

「你什麼時候回來的？」另一個人說。

沒有回聲………

「你方才回來的嗎？」另一個人提高聲音：「鳳仔！」

但依然沒有回聲……

鄰居們看他不作聲，也不理他們，感著一種茫然和反感走了，他們想：難道這個人死了一家人都不覺得悲哀嗎？還在吹洞簫，哦！這個人遠離家人，就變成一個鐵石心腸的人了。他們有一種失望和憤懣，因爲他們看不見他的眼淚，對他的同情落了空。

就這樣地，他通宵達旦地吹了一夜，聲音，漸漸的微弱了，低沉了，像一個垂死的人的哀吟，但，他還吹著，吹著……

這個可憐的人，就這樣地獨自在那陰慘的房屋裡無休止地用洞簫的哀音呼喚著他的死去了的家人，很顯然的，對地世上的一切都死去了，不復存在了，祇有黑暗，絕望，碎裂心靈的哀傷使他跌落在痳木的狀態中……

就這樣地，他整整吹了二個夜晚，嘴唇乾涸而破裂了，他的唾液裡混合著血絲，但，他仍然吹著……這樣下去，不是祇有死亡嗎？呵！心碎了的人！

第三個夜晚，也許，那是命運的夜晚吧！我的曾祖父從縣城回來，聽我的祖父說鳳仔回來，便足不出戶的，日夜在吹洞簫，便跑去找他——我不是說過我的曾祖父和他是莫逆之友？而且，也是個洞簫的老手嗎？——慘淡的弦月像殘缺的磁器掛在俏頭，四野沉寂，海風帶著濤語悲鳴在空中，我的曾祖父急急忙忙地去到他的家，但在門旁的木麻黃下停腳了。他渾身起了顫慄，聽，那聲音，悲傷的，低迴的，陰鬱的，嗚嗚然的音波，升起，降低，飄飄緲緲迴蕩在空中，那是 個無依的可憐的靈魂向地獄的死神呼喚著，懇求著安息——我的曾祖父從那綿綿不斷的聲音裡。直覺地了解他的無可安慰的痛苦的呻吟和「死」的渴望，但，能叫他不要吹嗎？不，不，當洞簫離開他的口的時候，也許他會昏厥而絕氣的。剎那間，我的曾祖父有了一個念頭，祇有一種方法能夠使他轉悲爲喜，那就是用洞簫吹快樂的調子引開它。我的曾祖父跑回家拿了洞簫又去了。

現在，在充滿悲傷的房屋外面，有歡樂的調子像一泓泱泱的流水動蕩著，歡樂的拍子，跳躍的快樂，悠然地流著，流著，但，房屋裡的微弱，低沉的哀歌依然飄蕩著！……時間迅速地馳騁著，兩種不同的心境的波浪衝擊著，翻轉著，在夜深的冰涼的空氣中，交戰著……

終於，房屋裡的洞簫聲停息了。

「鳳仔。」我的曾祖父跑進去拉住了他的手。格咚！他的洞簫掉落在地上，他無力地癱瘓在椅子上，微弱地喘息著，無神的目光茫然地望著我的曾祖父。眼淚，晶瑩的眼淚模糊了他的眼睛……

從他回來後，他差不多屏棄一切交游，把自己關在房屋裡，除了我的曾祖父有時請他來喝茶之外，他被人們忘記了，而每夜，每夜，他老是吹著那一支的古老悲歌，永遠是低沉的，抑鬱的，絕望的悲歌……這樣，他憔悴了！像一個生命的火炬快熄了的人。差不多過了半個月，他忽然從村子裡消失了。沒有人知道他的行蹤。

將近一年後，從一個遙遠的小城，一個僧人帶一支洞簫來找我的曾祖父，說洞簫是「鳳仔」在寺院裡臨死託他帶給他的，我的曾祖父曾盤問了許多關於鳳仔的話，但，那僧人只說鳳仔是鬱鬱寡歡，罹病死去的。說完老人轉動著洞簫。

「那麼，這隻洞簫是那個人的遺物嗎？」我說。

「是的，」老人憂鬱地短截地回答著，把洞簫放在我的手中。我拿起手中的洞簫，細細的端詳了一番，那有著兩個鳳眼，六個小孔的洞簫是黑褐色的，時間和主人的哀樂，早已把小孔的邊緣磨得凹下去，並且，光滑，沉重。我在洞簫的前端發現著兩個字：「引鳳」。從那個兩字，那些黑的小孔，我彷彿看見一個人的面影，靈活地活動著的手指，我彷彿被吸引到遠去了的褪色的歡樂和悲哀的氣息……我跌落入遙遠的，遙遠的沉思之中。

「我來吹一曲給你聽，」老人拿過洞簫，開始吹了起來。

西傾的月亮蒼涼了，洞簫嗚嗚然含悲地低訴著，飄蕩著，迴旋著……四野無聲，祗有洞簫聲在夜語在嗚咽，同在嘆息……

「這一支名曲是鳳仔一直吹到死的，」老人說著悄然地放下洞簫。

「這個曲子叫做什麼？」

「叫做三奠酒。」老人低低的呢喃著，緘默不響了。

離開那個夜晚已經五年了。但，每當我聽見洞簫聲，便想起那支悲傷的美麗的故事。

今夜，我又聽見洞簫聲，於是，我又想起那一個故事。

故事的背後

本篇作者葉笛（一九三一～），原名葉寄民，台南人。曾留日研究現代文學，不僅為著名之文學翻譯家，更是有名的詩人和散文家。譯有芥川龍之介的《羅生門》《河童》《地獄變》，散文集有《浮世繪》問世。

本篇〈洞簫〉寫的是台南地方的故事。一個經歷了人世的大變動，遭遇到親人的死亡，他的簫就宣示了他最悲苦的聲音，其中埋藏著一個又一個悽涼的故事。

邢老漢和狗的故事

張賢亮作

序

在韓美林❶的動物畫展上，一幅狗的水粉畫把我吸引住了。但與其說是畫家用那傳神的筆法點出柔和明亮而又略帶調皮的眼睛，十足地表現了這條小狗溫馴善良、機靈活潑的特點而令我讚賞，倒不如說是畫家給這幅畫的題名使我深有所感。畫家把這幅畫題爲「患難小友」。我認爲，這絕不是畫家在故作玄虛，也不是虛構的人格化的動物形象，一定是畫家對實有其狗的小友的紀念。果然，後來我聽說，畫家在患難中身邊的確有過這位小友，而牠最後竟死在「四人幫」爪牙的棒下。

「患難小友」！我想，當一個人已經不能在他的同類中尋求到友誼與關懷，而要把他的愛傾注到一條四足動物的身上時，他一定是經歷了一段難言的痛苦和正在苦熬著不能忍受的孤獨。有些文學大師就曾經把孤獨的人與狗之間的友誼作爲題材寫出過不朽的作品，譬如屠格涅夫和莫泊桑；而自然科學家布豐（Buffon）也曾用他優美的筆觸對狗做過精采的描述。據他說，狗是人類最早的朋友，又說，狗完全具有人類的感情和人類的道德觀念。也許這說得有些過分，不過要是有人問我：你最喜歡什麼動物？我還是要肯定地回答：狗！因爲我自己就曾親眼見過一條狗和一個孤獨的老人建立的親密友誼。

一

這條狗和農村裡千千萬萬條狗一樣，牠並沒有什麼顯著的特點，更不是一條名貴的純種狗。這是一條黃色的土種公狗。也許，牠的毛色要比別的狗光滑一些，身子要比別的狗壯實一些，但也從來沒有演出過可以收入傳奇故事裡去的動人事蹟。牠的主人呢，也和農村裡億萬農民一樣，如果不是我在他所在的生產隊❷勞動過，如果不是他和他的狗的特殊關係引起了我的興趣，我也不可能注意到這樣一個極其平常的農村老漢。

這是一個約莫六十歲的孤單老人，個子不高不矮，背略有些駝，走起路來兩手或是微向前伸，或是倒背在身後，總是帶著一副匆忙而又莊重的神情。閒的時候呢，就一個人蹲在牆根下或是盤腿坐在炕上出神，嘴裡噙著一桿長菸鍋，吧嗒吧嗒地抽了一鍋又一鍋。他醬紫色的臉上雖然勾畫著一道道皺紋，但這些皺紋都是順著面部肌肉的紋理展開的，不像老年知識分子面部皺紋那樣細密。他的眼睛不大，眼球也有些渾濁，不過有時也會閃出一點老年人富有經驗的智慧。當然，他的頭髮和鬍子都花白了，但並沒有禿頂。總之，你只要一見到他，就能看出他雖然帶有一般孤獨者的那種抑鬱寡歡的沉悶，但還是一位神智清楚、身體健壯的老漢。

他在生產上是行行都通的多面手，有時種菜，有時趕車，有時餵牲口，生產隊派他幹什麼就幹什麼，而且從不計較工分❸報酬。他一個人住一間狹小的土坯房。這間土坯房也是孤伶伶的，坐落在莊子的西頭，門口有一棵孤伶伶的高大的白楊樹。他房子裡只有一舖炕和兩個舊得發黑的木板箱，但收拾得倒很乾淨。除了一般性的貧窮之外，老人還有因爲單身而形成的困難，「出門一把鎖，進門一把火」就概括了他的生活。然而，孤單的老人好像總有較強的生命力和免疫力，據我所知，他是從未害過病，也沒有誤過一天工的。

莊戶人的狗是沒有名字的，不管主人多喜歡牠，狗還是叫「狗」；莊戶人也很少被人稱呼大號，不論大人、娃娃、幹部、社員，都叫這個老人「邢老漢」。久而久之，老人的名字也在人們的記憶中消失了。邢老漢和他的狗是形影不離的夥伴，他趕車出差時也領著牠，人坐在車轅上，狗就在車的前前後後跑著。如果見到什麼牠感興趣的東西，牠至多跑上前去嗅一嗅，然後打個噴嚏，又急忙地攆上大車。要是邢老漢在莊子附近幹活，那麼一到了收工的時候，狗也跟一群孩子跑出村去，孩子們歡天喜地地迎接他們的爸爸媽媽，把爸爸媽媽的鐵鍬或鋤頭搶下來扛在肩上，而狗見了邢老漢就一下子撲上去，舐他的臉，舐他的手，兩隻耳朵緊緊地貼在頭上，尾巴搖擺得連腰肢都扭動起來。

這條狗對主人的感情是眞誠的，因爲邢老漢一年才分得二三百斤帶皮的糧食，搭上一些菜也只能勉強維持自己的溫飽，並沒有多餘的糧食餵牠，但在邢老漢燒火做飯的時候，牠總守在他身邊，一直等到邢老漢吃完飯鎖上門又出工了，才跑到外面找些野食。牠好像也知道主人拿不出什麼東西來餵牠，從來不「嗚嗚」地在旁邊要求施捨。牠守著他，看著他吃飯，完全出於一種眞摯的依戀感，因爲社員們只有在吃飯的時候才在家裡。要是到了晚上，休息的時候當然比較長一些，邢老漢吃完飯，就噙著菸鍋撫摸著牠，要跟牠聊一會兒。

「今兒上哪裡去啦？我看肚子吃飽了沒有？狗日的，都吃圓了……」有時他伸出食指點著牠，嚇唬牠說：「狗日的，你要咬娃娃，我就給你一棒。他們逗你，你就跑遠點，地方大著哩。可不敢嚇著娃娃……」其實他從來沒有打過牠，牠也完全不必要受這樣的教訓。牠是溫馴的，孩子還經常騎在牠身上玩。

到了過年過節，生產隊也要宰一兩隻羊分給社員，邢老漢會對牠說：「明兒羊圈宰羊，你到羊圈去，舐點羊血，還有撂下的腸腸肚肚的……」儘管社員們一年難得吃幾次肉，可是邢老漢吃肉的時候並不像別人那樣把骨頭上的肉都撕得精光，他總是把還剩下些肉屑的骨頭用刀背砸開，一塊一塊地餵給他的狗。「好好啃，上邊肉多的是，你的牙行，我的牙不行了……」邢老漢跟人的話不多，但和他的狗在一起是很饒舌的。

這個孤單的老人就只有和他的狗消遣寂寞。對他來說，這不是一條狗，而是他身邊的一個親人。在那夏天的夜晚，在生產隊派他看菜園時，只有這條狗陪他一起在滿天蚊蟲的菜地守到天明；在冬天，他晚上餵牲口，也只有這條狗跟著他熬過那寒冷的長夜，天亮時，狗的背上，尾巴尖上，甚至狗的鬍鬚上都結上一層白霜。雖然狗不會用語言來表示牠對老人的關心，也不會替他趕蚊子或是攏一堆火讓他烤，但牠總是像一個忠誠的衛兵一樣守護著他，就足以使老人那因貧窮和勞累而麻木了的人性感動了。很多個夜晚，他都是摟著牠來相互取暖，在萬籟俱寂的深夜，好像世界上只剩下他和他的狗了。

其實，邢老漢是有過家，有過女人的。要眞正理解他和他的狗之間相依爲命的感情，還得從這點說起。

二

邢老漢解放前❹扛了十幾年長工，一直沒有能力娶個女人。解放後，他分得了幾畝河灘地。那一年他才二十多歲，憑他下的苦力和在農業生產上的技能，那幾畝河灘地居然也長出了豐盛的莊稼。那時，他對未來眞是滿懷信心，而日子也的確一年比一年好起來。到了四十歲那年，別人給他說了個女人。當然，也沒有好的姑娘願意跟一個四十歲的半大老漢。他的女人老是病病歪歪的，結果跟他一起生活了八個月就死了。在這八個月裡，連置家帶看病，他把幾年的積蓄都折騰光了。不過，這一年正是大搞合作化的一年，現實的遭遇眞正使他認識到了單幹無法抵御不測的天災人禍，於是他把幾畝河灘地、一頭毛驢和他自己都投進社裡。一兩年中，生活眞的有了起色，他的希望又在一個堅強的集體中重新萌生出來。但是，正在他張羅著再娶個女人的時候，卻來了個「大躍進」。他本人被編入煉鋼大軍拉進山裡去「大煉鋼鐵」了。他準備娶的那個寡婦並沒有等他的義務，就又另找了個主兒。

以後，雖然由於在生產勞動上實行了協作與分工，由於在土地上投入了大量的勞動力，由於引進了化學肥料和簡單的農機具，土地的產量是比過去有所提高，但交公糧、售餘糧、賣貢獻糧、留戰備糧的數量總是超過提高的部分。有幾年，上面派下的收繳任務甚至只有叫農民餓肚子才能完成。這樣，邢老漢只好仍舊打他的光棍了。

然而，世界是會變化的，生活也是曲折的，這條簡單的哲理在這個鄉下老頭子身上也體現出來了。

一九七二年，鄰省遭了旱災，第二年開春，就有一批一批災民擁到這個平川地區。他們有的三五成群，有的拉家帶小，也有的獨自行乞。他們每個人都背著一條骯髒的布口袋，還準備乞討一些乾糧帶給留有家鄉的親人。在城市的飯館裡、街道上、火車站的候車室裡，都有像蝗蟲一樣的災民。在城市民兵轟趕他們以後，他們就深入到窮鄉僻壤裡來了。

一天中午，邢老漢正準備做飯，忽然聽到門外有個操外鄉口音的女人叫道：「大爺，行行好，給一點吧！」乞憐的聲音打動了他，他把虛掩的門開開，看見外面站著一個三十多歲的蓬頭垢面的女人。他把她讓了進來，叫她坐在炕上，就忙著做兩個人的飯。一會兒，要飯的女人看出了這個老漢做飯時笨手笨腳，就小聲地說：「大爺，你要不嫌棄，我來做這頓飯吧。」邢老漢高興地答應了，自己裝了一鍋子菸弓著腰坐在炕上。女人洗了手就開始做飯，動作又麻利❺又乾淨。同樣的麵，同樣的調料，可是邢老漢覺得這是他五十多年來吃得最香的一頓飯。兩個人都吃了滿滿兩大碗湯麵，邢老漢還嫌不夠，看到要飯的女人像是也欠點，又叫再做些。

正在做第二次飯的時候，村東頭的魏老漢推門進來了。

「嗨！我說你咋還不套犁去呢，鬧了半天是來客了。」

「哪……」邢老漢不知爲什麼臉紅了起來，吶吶地說，「要飯的，做點吃的，吃了就走……」

魏老漢是這個生產隊隊長的本家三叔，又是隊上的貧協❻組長。

「唉——可憐見的，婦道人家出來要飯。」他在門檻上一蹲，掏出一支香菸。「老是說啥復辟❼了咱們要吃二遍苦、受二茬罪哩，我看哪，現時就復辟了，咱莊戶人就正吃著二遍苦、受著二茬罪哩。是陝北來的吧？家裡還有啥人？」

「就是。家裡還有兩個娃娃，公公婆婆。」女人低著頭靦腆地回答。

「別害臊，這不怪你。民國十八年我也要過飯，我女人也要過飯，遭上年饉了嘛。家裡人咋辦呢？」

「我們公社一人一天給半斤糧，我出來就少個吃口，省下他們吃。」鍋裡水開了，女人忙把麵條下到鍋裡。魏老漢看見她切的麵又細又長，和城裡壓的機器麵一樣。

「嘖，嘖！好鍋灶！」魏老漢靈機一動，爽朗地說，「我看哪，風風雨雨的，要飯遭罪哩。現在要飯又不像過去，每家每戶就這麼點糧，誰給呢！再說還這裡盤那裡查的，乾脆你就留在這裡吧，給邢老漢做個飯幹個啥的。邢老漢讓你吃不了虧，這可是個老實人，我知道。」

女人背著臉用筷子在鍋裡攪和，沒有答話。魏老漢轉向邢老漢說：「你先去把犁套上，天貴正找你呢，那幾個後生近不到青騍子跟前，套了犁再來吃飯。」天貴就是他那當隊長的本家侄兒。

邢老漢把菸袋別在腰上，到馬圈去了。抽兩袋菸的工夫，魏老漢也到了馬圈，喜笑顏開地拍著邢老漢的肩膀說：「狗日的，你先人都得謝我啦！人家願意留下了，跟你過日子。眼下她口還沒說死，以後你好好待人家，再生下個一男半女的，她的心就扎下了。有錢沒有？沒錢的話打個條子，我給天貴說說，先在隊上借點，給人家扯件衣服。」

邢老漢咧著嘴笑著，滿臉的皺紋都聚在一起了。晚上收工，他一進門，女人就不聲不響地給他端上碗熱騰騰的「油湯辣水」的麵條。她自己也坐在炕下的土坯上吃著。她梳洗了一下，再也看不出是個要飯的乞丐了。吃完晚飯，邢老漢叼著菸鍋想說點什麼，女人在洗鍋抹碗，他才發現整個鍋台案板都變得油光鋥亮的，油瓶鹽罐也放得整整齊齊的了。

「邢老漢呢？恭喜恭喜！」這時，大個子魏隊長低頭推門進來，他兩眼在屋裡一打，忍住笑說，「對！這才像兩口子過日子的樣子，眞是蛐蛐兒❽都得配對哩！喏，這是十塊錢，明天隊裡給你一天假，領你女人到供銷社看買點啥。」

邢老漢忙下了炕，把一鍋子菸裝好遞到隊長跟前，一面張羅說：「坐嘛，坐嘛！」

魏隊長沒有坐，掏出自己的香菸，還給了老邢頭一支，笑著對那女人說：「是陝北來的？那地方苦焦，我知道。咱這周圍莊子上還有你們那裡的人，也是逃荒過來的，現時都跟莊子裡的人成家了。咋？在家是種莊稼的？會旋篩子不會？」旋篩子算是種技術活，是手巧的女人才會幹的。

「會，」女人細聲細氣地回答。

「那就好，後天你就勞動。咱隊上現時正選種，會旋篩子的還不多。別人多少工分你就多少工分，咱這地方不欺負外鄉人；再說邢老漢可是個好人，這些年來給隊上沒少出力。你安心跟他過吧！艱苦奮鬥❾嘛！稀的稠的短不了你吃的。」

邢老漢意想不到在半天之內就續了弦，這並不是什麼「天仙配」一類的神話，的確像魏隊長說的，他們附近莊子上還有好幾對這樣的姻緣。在農村，在文化大革命的那些年，法制觀念是極其薄弱的。一個沒有男人的女人和一個沒有女人的男人，只要他們願意在一起生活，人們就會承認他們是「一家子」，這好像並不需要法律來批准，更何況主持這件婚事的又是生產隊長和貧協組長呢。

三

女人眞是天生下來就和男人不一樣的生物。那個媳婦一雙奇妙的手幾天之內就把邢老漢房子的裡裡外外變了樣子。原來土坯房牆根一帶的白鹼一直泛到磚基上面，還侵蝕了一層土坯，現在，屋裡乾乾淨淨的，又暖和，又乾燥，連蕭條的四壁也亮堂多了。每天中午晚上他們老兩口收工回來，邢老漢劈柴燒火，他女人揉麵切菜，這個時候邢老漢眞是覺得每一秒鐘都意味無窮。要是他趕車出門，回來正趕上吃飯的時候，在莊子外面一看到他房頂上裊裊的炊煙，他會高興得兩條腿都在車轅下甩達起來。

我們中國人有我們中國人的愛情方式，中國勞動者的愛情是在艱難困苦中結晶出來的。他們在崎嶇坎坷的人生道路上互相攙扶，互相鼓勵，互相遮風擋雨，一起承受壓在他們身上的物質負擔和精神負擔；他們之間不用華而不實的詞藻，不用羅曼蒂克的表示，在不息的勞作中和傷病饑寒時的相互關懷中，就默默地傳導了愛的搏動。這才是雋永的、具有創造性的愛情。

這個女人雖然不言不喘，但她理解邢老漢的感情；她不僅從不拒絕邢老漢的溫情，並且用更多的關懷作爲回報。而一個貧窮孤單的農村老漢，要求得到精神上的慰藉與滿足，也並不需要更多的東西，一碗由他女人的手做出的麵條，多加些辣子，一片由他女人的手補的補丁，針細線密，再有晚上在他身邊有一個溫暖的鼻息，這就足夠足夠的了。所以，邢老漢在那幾個月裡就好像一下子年輕了十來歲，走起路來也是大步流星的，引得莊子裡一個七十多歲讀過私塾的老漢逢人便說：「眞是古人說得對：『男子無妻不成家』。你們看邢老漢，眼下就是發福了，紅光滿面，連印堂都放光哩！」

可是，時間一長，就有一片陰影逐漸潛入邢老漢像美夢一樣的生活裡。

本來，莊子裡辦喜事是絕少不了婦女的，邢老漢結婚的那天晚上，那間狹小的土坯房完全被一群婦女包圍了。這個要飯的女人在毫不掩飾的評頭品足的眼光下，就像一隻喪家犬一樣驚懼不安，搭拉著頭，手不停地揉弄著衣角。可是，沒過多久，她就用她那種謙讓的、溫順的、與世無爭的態度和對農活質量一絲不苟的勞動贏得了莊子上婦女們的普遍同情。她們開始願意和她接近了，有的拿著鞋面布來求她剪個樣子，有的拿著正在納⑩的鞋底來想和她聊天。但是，這個女人仍然是心事重重的樣子。雖然她憔悴的面孔逐漸豐潤起來，衣服上的破洞都補綴得很整齊，再不像過去那樣如土話所說的「片兒扇兒」的了，可還是一臉畏怯的、警惕的，好像隨時都會遇到傷害的神色。出工收工的路上，她總是獨來獨往，一手拿著工具，另一隻胳膊下面不是夾著捆柴禾就是一抱野菜；在田間休息的時候她也是一人坐得遠遠的，從不參與婦女們嘰嘰喳喳的談話，沒有一個婦女能從她嘴裡瞭解到她過去的經歷和現在的想法。

如果你在農村住過，你就可以知道，一個外鄉人，尤其是外鄉女人，要叫莊子裡的婦女不議論是不可能的。不久，關於這個落落寡合、離群索居的要飯女人的閒話也就在莊子裡傳開了。婦女們用她們縝密的邏輯推理得出了一個結論：這個女人在老家一定還有個男人。

有一天，邢老漢趕車拉糞⓫，魏隊長跟車，坐在外首的車轅上。看著邢老漢揚著鞭子，一副怡然自得的樣子，他反而倒起了惻隱之心，不由得拿話點他說：

「邢老漢，你別馬虎，你得叫你女人把戶口遷來。要不然哪，不保險。」

其實，這本來就是邢老漢心裡的一個疙瘩。莊子裡的一些閒話，他也有些耳聞，不過他並不相信。可是，他也知道，戶口不遷來，再沒有個娃娃，女人遲早得回老家，莊戶人都是故土難離的。他曾經跟他女人商量過，要她開個細地址把戶口和娃娃都遷來，但女人總是低著頭簡簡單單地回答：「那哪能成呢……」他不忍心拗了女人的意思，也就不多問了。

「你可不要迷迷瞪瞪。」魏隊長又說，「有了地址，我就到公社去開個准遷證。可要是她家裡還有一個……那就難辦了。」

這天黃昏，邢老漢卸車回來吃完飯，見他女人仍然和往常一樣，坐在門坎上借著夕陽的一抹餘光縫縫補補。一群孩子跑到他們房前的白楊樹下玩耍，她才停下手中的活計瞧著他們，然後頭靠在門框上，兩眼直瞪瞪地瞅著那迷濛的遠方。邢老漢知道她在想娃娃，但也找不出動聽的言詞勸慰她，只得拿件衣裳披在她肩上。「別涼著……」他和她坐在一起，思忖著怎樣再次向她提出關於戶口的問題。

這個要飯的女人是個細心人。這時，她從邢老漢體貼而又有點緊張和疑慮的神情上看出他有番話要說，於是，在夕陽完全落入西山以後，她收起了手中的針線，進到屋裡，把炕掃了掃，上炕跪坐在炕頭，低著腦袋，兩手垂在兩膝之間，像一個犯人在審訊室裡一樣靜等著。

邢老漢先是弓著腰坐在炕上，吧嗒吧嗒地抽菸。飄浮的青煙和一片令人不安的沉靜籠罩著這間小屋。他一直抽到嘴發苦，才終於鼓起了勇氣：

「娃他媽⑫，你還是開個地址，讓魏隊長到公社去開個證明，有了准遷證，咱們就去把娃接來。」

女人仍然低著頭，沒有回答。

「嗯——」邢老漢長長地嗯了一聲，「要是……要是你家還有男人，那……咱們也是講良心的。」說到這裡，邢老漢透不過氣來了。實際上，他也不知道這個「良心」應該怎樣講法。

「不！」女人雖然是細聲細氣，卻又是斷然地說，「沒有！」

「那——」邢老漢的眼睛發光了，「那是爲了啥呢？」

停了片刻，女人卻嚶嚶地抽泣起來了，眼淚大滴大滴地落在炕的舊氈子上。邢老漢慌了神，忙站起來靠到炕跟前。「那……那是不是我待你不好？」

「不，」女人用手背抹了抹眼淚，「我一直想跟你說，可又怕你嫌棄……」

「你說吧！誰嫌棄你了？你不嫌棄我就是好的。」

「我……我們家是富農⑬。」

「嗨，」邢老漢心裡的一塊石頭落了地，啪、啪兩下把菸鍋裡的菸灰在鞋底上磕掉。「我當是啥大不了的事，現時都勞動吃飯，啥富農不富農的！」

「不，你還不知情。老家裡不許地富農出來要飯，我不能看著娃受罪，這是偷跑出來的，別說遷戶口，就是逃荒的證明也開不出來哩。就這，我還不知公公婆婆在咋挨批哩。」說開了，女人的話就多起來。她擤了一把鼻涕，隨手抹在炕沿上。「我看出來了，你可是個好人。到了明年開春，你給我點糧，我還得回去。老家一到開春，日子就更難了。」說完，女人用膝蓋跪立起來，恭恭敬敬地在炕上朝邢老漢磕了一個頭。

「唉，唉！你這是幹啥？」邢老漢忙坐上炕，把女人扶著坐下。「你說這話就生分了，這屋裡的東西不是你的？咱們還是想法辦戶口，回去幹啥？那地方苦焦得不行。瞎了眼的麻雀子還餓不死呢，總有辦法！」

這一夜，女人抽抽噎噎地哭了好久，也不知什麼引起她那樣傷心。邢老漢心裡倒是踏實了，在旁邊勸了她半晚上。

四

第二天，邢老漢還是趕車拉糞，魏隊長照舊跟車。他一五一十地把昨天他們老兩口的談話告訴給魏隊長。魏隊長用紙條捲了邢老漢的一捧子旱菸，兩隻胳膊支在大腿上，身子隨著車搖來晃去，半晌沒有說話。

後來，他吐了口唾沫，說：「這比她家有個男人還難辦！」

「那難辦啥，吁、吁！」邢老漢把牲口往裡首吆喝著，「窮得都要飯了，咋還是富農？」

魏隊長斜眼瞟了他一下，但也知道無法跟這個老漢說明白。邢老漢是向來不參加什麼學習開會的。運動⑭一來，這個老雇農就被派到最關鍵的單獨工作崗位上，把別人頂替下來參加運動，所以，邢老漢倒成了最「沒有政治覺悟」的社員。

「難辦啦，難辦！」魏隊長摘下帽子，搔搔頭皮，「就是這兒開了准遷證過去，那邊也不放，反倒招來禍害。我看哪，你就跟她過吧，啥戶口不戶口的。咱們隊上現時還擠得出一個人的口糧，有糧吃就行。可這話你不能跟別人說，就當沒這麼回事；你還得把她心拴住了，等到明年春上再說。現時都是走一步看一步，誰知道明年又是啥變化。」

這年，生產隊決算下來，他們兩人的工分共分得五百多斤糧和一百二十元現金。把糧食和錢領回來以後，正巧隊裡要派大車進城搞副業，給建築工地拉三天沙子。邢老漢把女人給他烙的餅裝在挎包裡，就趕車進城了。

這條黃狗就是他這次進城遇見的。那時牠還小，野生野長的，從來沒有人餵過牠。在邢老漢把車歇在工地上吃乾糧的時候，牠在一旁歪著腦袋盯著他。邢老漢給牠撕了兩小塊餅子。這一來，牠就成天在邢老漢的車後跟著。第四天，在邢老漢趕車回家的那個早晨，牠還一直跟著大車跑出城外。邢老漢看著不忍心，一念之下就把牠抱到車上來了。

中午，大車回了村。還在莊子外面，邢老漢就發現他家的屋頂上沒有和別的人家一樣冒著炊煙。一個不幸的預感驀地震動了他。他在馬圈裡慌慌張張地卸著牲口，魏老漢的老伴就找他來了。

「邢老漢，你女人昨天下午說上供銷社去，把鑰匙給了我，可昨兒一晚上她都沒有回來，是咋回事？」

邢老漢接過鑰匙，急忙到家用顫抖的手打開房門。屋裡比往常還要清潔，被子、褥子和邢老漢的棉衣都拆洗得乾乾淨淨地疊在炕上，枕頭上還一溜子擺著四雙新鞋，可是人已經不見了。

一會兒，屋裡屋外圍了好些人，有人還催邢老漢到供銷社去找，其實這眞是傻里傻氣的建議，大家都明白是怎麼回事了。邢老漢失神地弓著腰坐在炕沿上，一點也沒有聽見別人說的話，心裡只反覆地念叨著：走了！走了！沒等到明年就走了！

這時，魏老漢分開眾人走了進來說：「邢老漢，別傻坐著了，點點看她帶走了些啥？」大家七手八腳地替邢老漢清點了一遍，才知道她除了隨身穿的破舊衣服和一件他們「結婚」時做的新褂子外，還帶走了一百二十斤糧和五十塊錢。糧食和錢她都沒拿走她應得的那一半。

「這眞是個有良心的婦道人！」大家又嘖嘖地對她稱讚起來。然而這更添了邢老漢的傷心，他還是坐在炕沿上，跟一個木偶一樣。

快上工的時候，魏隊長急忙走進屋裡對邢老漢說：「正好公社的拖拉機這就進城拉化肥，你快進趟城，汽車站、火車站都去找一找。一個婦道人帶一百多斤糧不容易上路哩。我問了，她是昨兒下午搭三隊拉白菜的車進的城，傍黑才到了城裡。」魏隊長還怕他出意外，又派了個年輕後生跟他一起去。

邢老漢昏昏沉沉地進了城，茫茫的人海，全是陌生的面孔。他們問了汽車站、火車站的工作人員，都說沒注意到有這樣一個女人。那年輕後生說：「她是咋來的還得咋去，她還捨得花錢打票哩！準是爬貨車走的。」他們又到鐵軌上停的空車皮和貨車上找了一遍。也是沒有。

第二天下午，他們又搭上順路的車往回返。在路上，邢老漢想著他女人還給他留下一線希望：「這是個有良心的婦道，她興許還會回來的。」那年輕後生也安慰他：「她就是想娃娃，回去看看，沒準下次連娃娃一塊兒帶來呢。」邢老漢就是這樣懷著失望和希望的心情又回到村裡。正在他拿鑰匙開門的時候，一個毛茸茸的東西卻在他腳下絆著，並且「嗚嗚」地叫，原來還是那條小黃狗。在一天半的時間裡，牠竟一直沒有離開牠認定了的這個主人的家門口。邢老漢一把把牠抱起來，一起進到現在已經是空洞冰冷的屋裡。

從此，邢老漢又恢復了十個月以前的生活，只多了一個美好的回憶，一個深切的懷念，一個強烈的盼望和一條小黃狗。

在一年之內，邢老漢都抱著她還能回來的希望。他總是把屋裡收拾得乾乾淨淨的，一切都保持著她在家時的樣子，每日每時，只要他在家，他都以爲她會突然推門進來。可是，日子一天天地過去，她給他補的補丁又磨爛了，她給他縫的衣服也有了破洞，她給他做的鞋都快穿壞了，她還是沒有回來。慢慢地，邢老漢對她的思念和盼望就成了藏在心底的隱痛，上面被失望覆蓋著。

在以後的日子裡，只有這條狗來安慰他的孤獨。每在休息時間和夜晚，在他叼著菸鍋出神的時候，狗就偎在他身邊，使他感到他身邊還有一個對他充滿著情感的生物。狗不時地用濕漉漉的、柔軟的舌頭舐他的手，會使他產生一種奇妙的柔情，並聯想起和那個要飯女人生活時的種種情景；狗的那對黑多白少的、既溫馴又忠實的眼睛，能喚起他對她的一連串回憶，使他進入一個迷濛的意境，因爲那個女人的眼睛同樣是那樣的忠實，那樣的溫順。總之，這條現在長得很大、很壯實的黃狗已經成了他與她之間的一個活生生的聯繫；因爲牠正是她走的那天被領回來的，在他的記憶裡，他甚至以爲這條狗是她臨走時留給他的紀念。

然而，這個聯繫也終於被扭斷了。

五

學習無產階級專政理論運動開展以後，邢老漢這個生產隊也和別的生產隊一樣，運動一開始就來了縣裡派的工作組。農民們白天下地，晚上開會，幾乎沒有一點屬於自己的時間。

有天晚上開大會，工作組的幹部在講話的最後又宣佈了一個叫農民們莫名其妙的通知，通知要農村把所有的狗都在三天之內「消滅掉」。這位幹部說：「就算一條狗一天吃半斤糧，一個月就是十五斤，一年就是一百八十斤。這個帳眞是不算不知道，一算嚇一跳。這就快等於我們一個人定量的一半。咱們現在要養活全國的人，還要養活全國的狗，這怎麼得了！所以，三天之內，狗要全部打死。誰要不打就等於窩藏了階級敵人；三天以後，公社的民兵小分隊就下來替他打。」

頭幾天，邢老漢並沒有把這個通知看得很嚴重。他有他農民的樸素的理性。他心裡想：「沒聽說過哪家人是讓狗吃窮的，更沒聽說過哪個國家窮就窮在老百姓養狗上。在老社會，要飯的花子還領條狗哩！」但是，幾天之內，有狗的農民居然把自己的狗都陸續宰了，連魏老漢也把他養了五年的大黑狗吊在樹上用水灌死了。原來，狗還是個生財之道，城裡有些人聽說鄉下要打狗，就紛紛騎著自行車下鄉來買狗肉。一條狗光肉就能賣三四塊錢，要是農民自己捎到城裡零賣，每斤竟能賣四五毛錢。

十天以後，附近幾個莊子裡就剩下邢老漢這條孤伶伶的大黃狗了，而戴著紅袖章的民兵也注意上了這條狗，曾經扛著槍在邢老漢這個莊子上轉過兩趟。

這一天，四個老漢在場上揚場，風停了，他們就湊在一塊兒聊天，聊到邢老漢的狗，邢老漢帶點怒氣地說：「再窮也窮不到狗身上！說實在的，咱莊戶人的狗誰餵過，還不是滿灘找野食。我的狗是養定了！」

有個老漢說：「不在你餵不餵，你用你的糧食餵你的狗，公家管你哩！我聽說是因爲有人叫狗把公家的玉米棒子往家叼。」

這話逗得大家笑了起來。魏老漢說：「莊戶人的狗要有這個本事，咱就不種莊稼了，領著狗四處耍把戲去。」

有個過去愛聽古書的老漢說：「那晚上我回去也思謀⓯了一下，其實不在餵糧食上，還是邢老漢說的，咱莊戶人誰正經餵過狗哩？我思謀著，這跟批判孔老二⓰有關聯。」

除了邢老漢還皺著眉頭之外，大夥兒又笑了。

「你們瞧，孔老二講的是忠孝節義，這忠孝節義是啥？忠講的就是馬。誰都知道馬對人最忠了，關公一死，赤兔馬都不吃料；這孝講的就是羊，羊羔子一下地就會給牠娘磕頭；這節講的是老虎，母老虎生了一個虎仔子就知道疼得不行，以後牠再不讓公老虎鬧了；這義講的就是狗哇！現時批判孔老二的忠孝節義，我看上面就是這個意思，先從狗打起。要不然怎麼說養狗就等於窩藏了階級敵人呢？」

幾個飽經世故的老漢都聽出了這番用嘲笑的口吻說的笑話意味著什麼，彼此會心地微笑著。最後，魏老漢嘆了口氣說：「也別說，我看哪，上面就以為狗吃了糧了。現時上面要的多，地裡一時又長不出來，只有從少花消上打主意。以後哇，要是上面還一個勁要，連大牲口的料都得減。」他又轉過臉向邢老漢說，「說是說，笑是笑，你那條黃狗還是早撂倒好。要不那幫民兵還得打。那都是些愣頭愣腦的小伙子。前天把一個賣瓜子的捆了一繩子，昨天又把一個木匠的傢伙收了，害得人連哭帶嚎。他們要來就不管三七二十一，開上幾槍，捅上幾個窟窿，你連一張好皮都落不上。」

晚飯以後，邢老漢蹲在炕沿上吧嗒吧嗒地抽菸。狗臥在地上，揚著頭，皺著鼻子，呼呼地嗅牠所熟悉的菸味。邢老漢思忖了幾鍋子菸的工夫，思忖出了一個主意，就是給狗求得一個官方保護。於是他穿上鞋，把狗鎖在屋裡，就上隊長家去了。

魏隊長家正好沒外人。隊長躺在炕上，他女人坐在燈下納鞋底。因為邢老漢是從來不串門的人，魏隊長聽他來了就連忙翻身坐起來。他女人給端來杯水。

邢老漢一坐下就結結巴巴地提出他不讓打狗的事。

「我當是啥要緊事，」魏隊長笑著說，「一條狗嘛，上面有這個指示，打了就算了。」

「算了？」邢老漢氣憤地說，「牠跟了我好幾年，打了牠我心裡不落忍。我保證不找隊上要救濟糧就行。我的狗吃的是我的糧。」

魏隊長還是輕描淡寫地說：「其實也不在吃糧上，狗禍害莊稼倒是個事實。」「天貴，你也是個莊戶人，你啥時候見狗禍害莊稼？狗又不是牲口，又不是雞鴨。那天還說一家許養一隻雞，就不許我養條狗？」

隊長的女人以女人特有的同情心理解了邢老漢的意思，在一旁細聲細氣地說：「就是，他邢大伯身旁又沒啥人，有條狗也解解心悶。」

這話更激起了邢老漢對狗的感情，他以非常認眞的態度說：「天貴，我可跟你說定，要斃我的狗就先斃我邢老漢！」

三個人的心都沉下了。魏隊長收斂了笑容，手不停地在他的短髮上搔著。他開始理解了狗與邢老漢的生活的密切關係，知道要說服老漢絕不是三言兩語所能解決的。同時，對著這個和他在一個莊子上生活了幾十年的老漢，一股深深的鄉土情誼從他心裡升騰起來，多年的積鬱，也隨著這股鄉土氣翻捲著，他不禁感慨地說：「邢老漢，你有你的苦處，這我知道，可我有我的難處，又找誰說呢？今天晚上沒事，咱倆就聊聊。」

「在這莊子上，你也是看著我長大的了。我滿灘放驢那年，你就給王海家扛上長活了；解放後搞互助組，搞合作化，咱們又都在一起，那時候我是年輕氣盛，一心要領著大夥兒走共同富裕的道路。後來我三起三落，這你也知道，哪次運動來都得整我。我一不嫖風，二不貪污，爲的是啥？還不是爲了我替大夥兒說了幾句老實話，可老說我右傾。後來呢，我也琢磨出一個道理：大夥兒贊成的幹部，上頭就不滿意；要上頭滿意，就得讓大夥兒吃點虧。這些年來，我也學會了挑擔子，總得兩頭都顧到。哪頭顧不到，扁擔就得打滑。有些事情，我也思謀沒啥道理，可我是個黨員，水平又低，不照上頭意思辦能行？文化大革命那年，你知道，我跟縣裡的參觀團去了一趟大寨⑰。那人家搞得就是好，不承認不行。可我也算計了一下，就憑大寨種的那一把把玉米，那一把把穀子，要置那麼多機器、修那麼大工程也是妄想，還不是國家貼了錢。現時叫咱們學大寨，國家又不貼錢，那就得憑咱們多吃點苦，多鬧點副業掙錢。誰知道今年運動一來，我又差點挨了批，說是重副輕農，發展資本主義。這你也知道，咱隊上的木匠、泥水匠、皮匠、鐵匠都收回來了，兩掛大車白白停在那兒。一邊叫搞機械化，一邊又不給錢，還不讓人掙錢，機器又不白給，機械化咋化呢？今年，我看，別說機械化，就是工分算下來也沒往年多了。你就一個人，吃飽了連小板凳都不餓，好歹都能湊和，在我這兒，全隊三百多口子都張著嘴要吃，伸起手要穿。不叫大夥兒見點現錢，明年人家幹活也沒心勁了。你就愁著一條狗，我這兒愁著三百好幾的人呢！」

魏隊長激動地在炕上蹲起來，又說：「你瞧著吧！今年還過得去，到了明年開春，這事那事就來了。大夥兒沒勁幹活，我能打著幹？都是貧下中農⑱，鄉里鄉親的。可我也思謀著，運動總是一股風。等這股風過去了，咱副業還得搞。不搞副業大夥兒受窮，機械化也化不成。可你別碰到風頭上，咱大處都順著過來了，犯不著在小地方拗了上頭的意思。就說打狗吧，眞是不抓西瓜淨抓芝麻的事，我也覺著沒點意思，不過上頭把這事已經提到綱上來了，說不打狗就等於窩藏了反革命，咱隊上來的工作組組長又是縣委委員，那天統計了一下，咱隊上有十條狗，結果只打了九條，叫工作組說咱這個先進隊連打狗都貫徹不下去，還咋批判資本主義呢！說實在的，邢老漢，要是爲了你那女人的事，天塌下來找魏天貴替你撐著，頂大不當這個隊長。這條狗嘛，你就宰了算了，讓上頭滿意，以後咱們隊的事就好辦了。他前腳走，你後腳就再養一條，你看咋樣？」

邢老漢先還沒在心聽，後來越聽越眞切，最後又提到他女人，邢老漢眞是百感交集。他知道天貴是誠心幫過他的，爲了一條狗，他能讓天貴爲難？他低著頭，在頭上狠狠地拍了兩巴掌，又傷心又決斷地說：「天貴，我不能讓你爲難，你說的都是實情話，你明天就叫人來打吧。我自己下不了這個手。」

這一夜，他沒有睡覺，呆呆地坐在炕下的土坯上抽菸。狗一點也不知道這就是牠的末日，仍然親切地把頭擱在邢老漢的腿上。邢老漢一面撫摸著牠像緞子一樣光滑的脊背，一面回憶他半個多世紀風裡來雨裡去的經歷。他也曾經聽說過，城裡的幹部、工人、教書的、唱戲的，這些年來在運動裡沒少挨整，又親眼見過魏天貴這樣的農村小幹部挨過批，但沒想到最後鬧得他這個扛了十幾年長工的普通農民也不得安身：先是因爲身分問題妨礙了他的家庭幸福，終於連剩下的一點虛妄的安慰也被剝奪了。他不知道這是爲什麼，只隱隱糊糊地聽說這就叫「政治」，這就叫「階級鬥爭」。他微微地搖搖頭，無聲地嘆息了一下；他覺得這樣的「政治」和這樣的「階級鬥爭」是太可怕了。他覺得在這樣的「政治」和「階級鬥爭」中，生活已經變得毫無意思了。

他輕輕地拍著他的狗，就像拍他的孩子一樣。我們中國農民在不可避免的災難面前總是平靜和忍耐的，他又一次發揮了這一特性。他既然發現了他的生活已經失去了意義，留著一條狗又有什麼用？而且，這條狗的生命居然和全隊人今後的生活有關係。

他自言自語地說：「你先走吧，隨後我就來。」他抬起頭來環視這間小屋，想尋找一些那個要飯女人留下的痕跡。就是這間土房，從屋頂到地面，幾乎每一平方寸都經過她清掃，房裡的每一樣東西都經過她擦洗。可是，她走了，這些東西也都如死一般地沉默和灰暗了，只有一道深深的痕跡刻在他自己血淋淋的心上。然而，他並不埋怨她悄悄地捨他而去。他認爲一個好的、有良心的婦道人就是應該回去的；而且，她的不辭而別還曾給他留下了一線希望，使他在兩年的時間裡還有勁頭活下去，所以他對她只有感激。

第二天早晨，他把狗餵得飽飽的放了出去。還沒到晌午，他在場上聽見馬圈裡突然響起一聲清淒的槍聲。他知道這準是對著他的狗放的，心裡猛然泛起一陣內疚和懊悔。當他跑到馬圈去時，行刑的人已經揚長而去了，只有一群娃娃圍著他的狗。狗展展地側躺在地上，脖子下面流出一縷細細的殷紅的鮮血，一隻瞳孔已經放大的眼睛，和那個要飯的女人的眼睛一樣，露著驚懼不安的神色斜視著碧藍碧藍的天空。

邢老漢垂著頭站在狗的屍體旁邊，全身顫抖地嚎啕大哭。

六

不久，在工作組完成任務撤回以後，農村副業和農民的家庭副業果然又偷偷地搞了起來，而且，附近莊子上又依稀地聽到狗的吠聲了。但是，邢老漢的狗是不會復活的，邢老漢本人也一天比一天衰老了，幾個月以後，他甚至喪失了自己料理自己生活的能力，全靠鄰居給他端點吃的。

就在這年冬季最冷的一天，當鄰居奇怪他到晌午還沒開門而把他那間孤伶伶的土房撬開以後，才發現他早已直挺挺地死在炕上了。

有人說他得的是心臟病，有人說他是老死的，還有人說是「癌症」，只有魏老漢傷心地發牢騷說：

「政治上不去，批孔哩！生產上不去，打狗哩！整了人不夠，還要整畜生！要是邢老漢的狗還在，牠叫幾聲，也讓咱們早點知道……」

尾聲

三年半以後，這個公社的鄉郵員小楊接到一封從陝北寫來的給「第五生產隊，邢老漢收」的信。小楊沒有多加考慮就貼了一張「人已死亡，退回原處」的條子打了回去。後來，在公社開三幹會休息的時候，一堆人圍在一起聊天，小楊把這事當新聞說了出來。現在已經當了大隊書記的魏天貴聽了，狠命地在小楊脊背上擂了一拳，罵道：「你這傢伙！咋不把信拆開來看看。這一準是那個要飯的女人寄來的。也不知現時她過得怎麼樣了；邢老漢還留下兩口箱子哩，現時還放在五隊的庫房裡。」

❶當今大陸名畫家、雕塑家。
❷人民公社基本單位，相當於村。
❸勞動點數。
❹中共得天下前。
❺利落。
❻貧農協商。
❼此處指毛澤東政敵劉少奇、鄧小平。
❽蟋蟀。
❾《毛語錄》的話。
❿用粗麻線縫製鞋底。
⓫糞便堆肥。
⓬北方農民對妻子的慣用稱呼。
⓭富農屬於黑五類。
⓮政治運動。

⑮尋思。

⑯指孔子。

⑰位於山西昔陽縣，曾作為農業樣版。

⑱屬紅五類。

故事的背後

作者張賢亮（一九三六～），江蘇眙縣人，因出身官宦家庭，高中畢業後不能升學，分發寧夏工作。一九五七年因發表長詩〈大風歌〉被打為右派，歷經監禁、勞改，至一九七九年始獲平反。現為當代中國大陸最出色作家之一，著有《男人的一半是女人》《綠化樹》《靈與肉》等。

本篇〈邢老漢和狗的故事〉是寫中國大陸文化大革命中一個老人與狗的遭遇。透過人與狗的種種，更讓人感受到一場大災難的悲苦。

風雪茫茫

牛正寰作

一

金牛媳婦坐在炕上給丈夫綃鞋❶，金牛在地下削著一根鍁把❷。她對丈夫提出，想乘農閒回趟娘家，趕春節回來過年。起初，金牛不同意，推說農活沒啥做的了，但家裡的事還多著呢，趕這時得把過年的麥磨了，得收拾冬菜……

媳婦聽了這話說道：「磨麥，我不在你一人還磨不了呀？冬菜我早收拾好了，秋天曬的刀豆、茄子擱在碗櫃上頭，前幾天醃的辣椒芹菜壓在罎子裡，酸菜臥在大缸裡，房檐下還掛著兩串紅辣椒，還有幾十棵白菜，夠你爺兒仨吃一冬了。」

「你不吃了？」

「我？不是說過要回娘家去嘛。」

「那你就不回來了？」她心裡「咯噔」一下，忙說：「誰說我不回來？我回來就過年，三幾天過去，就又該有新菜了。」

「那……」金牛還想找點理由，又說：「過年娃們都有新衣裳穿，你不在，咱根柱就得穿舊的。」

媳婦打開了炕櫃取出一個包袱，一邊一件一件抖出衣帽、鞋襪，一邊說：「我都給他做好了，這是棉襖、棉褲，這是新罩衣、新單鞋，帽子是上次逢集你到鎮上買的，娃鞋襪費❸，我給你絎完這雙，給他再絎兩雙。」

金牛一時找不出話來，只好說：「那——那你就去吧。多咋走？」

「明天吧。」

丈夫同意了，金牛媳婦拾掇這，拾掇那，整整忙了一天。她是個勤快女人，把屋裡屋外拾掇停當，又到隔壁二媽家去了一趟。告訴二媽，自己要回娘家去了，讓她早晚操心點根柱爺兒仨的生活。回來才做晚飯，吃飯已經是上燈時分了。吃飯時，公公已從金牛嘴裡知道她要回娘家去，拿出一捆自家種的菸葉說：

「把這帶上，給我沒見面的親家嘗嘗，告訴他們，情況好了到咱家轉轉，叫俺也認認親家，叫俺根柱認認外爺。」

根柱聽說媽要回娘家，吵鬧著也要跟了去。金牛一聲不吭，只顧低頭吃飯，想著心事，見根柱吵鬧，抱起來哄他道：

「乖，等你大了咱們三人一起到舅舅家去。」

根柱只是不依，哭鬧著不跟金牛，後來答應明天抱了他去看火車，這才算哄住了。

金牛不願讓女人回娘家，眞是不願離開她。這也難怪，自媳婦從外鄉到他家落戶四年多來，家裡的一切事都不用他操心，早晨出工，一碗熱湯兩個饃❹早就擺在炕頭的箱子上，下工回來，媳婦把又白又細的麵條盛在頭號大白碗裡端在他面前。冬天，多會兒炕頭都是熱的，夏天，多會兒進屋都有一盆綠豆湯涼在案板上。媳婦對公公孝敬，老人牙不好，她烙餅特地烙幾個又薄又軟的；老人冬天咳嗽，她特意買點冰糖，連根柱都瞞著，和梨煮好給他端去。這對從小失去了親娘，三十歲才娶上媳婦的金牛來說，她太重要了。他現在一時一刻也捨不得離開她。根柱長這麼大，他哪操過心，兒子全靠她抓屎把尿餵養，白天抱他，晚上摟他，自己高興了買把糖，編個螞蚱籠哄他玩。現在她要走了，他能帶得住娃嗎？

媳婦的娘家在渭河上游地方，和這兒隔省，六〇年❺春上來到這兒。那天，金牛下工回來，村頭大柳樹下圍了好多人，樹下的石頭上坐著一個年約二十二、三的女的，姑娘打扮，兩條齊肩的小辮，藍底白花的夾襖，黑布褲子，一雙條絨方口布鞋，雖說上下都打了補丁，卻也很合身。她的長而細的眼睛由於饑餓失去了本來的光彩，變得滯呆。浮腫的臉龐黃裡透綠。她的腳前是一方格子頭巾包裹的小包，從裡邊露出破舊的衣服。

她的身後，一個二十七、八的男人靠在樹上，「我們從渭河上邊來的，」男的說，「挨餓挨了一年多了，挖野菜，野菜光了，剝樹皮，樹皮也光了。沒辦法，能動彈的跑出來了，跑出來就回不去了。這是我妹子，她走不動彈，哪位好心人收留下，也算行了好事。」

兩滴眼淚從女的眼裡落到腳面，周圍的人嘆息道：「姑娘年輕著哩，怪可憐。」隔壁二媽在人群裡看見金牛，給他使了個眼色。金牛跟她走出人群，她附在他耳朵上說：「金牛，你把她收留下，模樣兒好，外鄉來的，花不了多的錢。」金牛臉上一紅，趕忙擺手說：「二媽，人家在難中，咱可不能拾這個便宜。」說著要走。二媽急忙攔住他說：「看這娃都三十了，咋還說這話。你沒聽他哥說，收留下是行善事哩！」那男的聲音又斷續傳了過來：「回去……餓死，收留下能逃個活命，她啥活都會幹……」金牛站在那兒想了想說：「那好，二媽你去說說。」

經二媽撮合，金牛收留下了這姑娘，自打那天起，那兄妹倆就住在金牛現在住的這屋。

這是他家做廚房用的廂房，那時空著，金牛跟他爹住到上房去了。這地方風俗，說媳婦一定得給聘禮。這姑娘雖然是逃荒來的，金牛爹還是從箱子底摸出二百元錢，鄭重其事地要二媽交給姑娘的哥哥，並且要她擇個吉日請大家吃喜酒。二媽去了一會兒，那男的跟了進來，說啥也不要這錢，只說他們是逃荒來的，妹子能找個忠厚人家安身，他就放心了。如果一定要給禮，給他量一斗麥，錢拿回去沒用，糧還能救家裡人。金牛父子強不過他，只好給他量了一百五十斤麥。二媽看的日子在三天以後，金牛爹要他當娘家人，吃完喜酒再走，他硬是不肯，只說救人要緊，以後他還會來。金牛爹讓金牛和那妹子送她哥哥，走到村口柳樹下，那男的接過金牛背上的麥子要他倆回去。那女的見哥哥要走了，哭得淚人似的。那男的也餓得很虛弱，背著麥子抬不起頭來，知道妹子在哭，勸道：

「妹子，你留在這搭，隔不長日子我再來。他這人老實著哩。」

他鬆開一隻手指了指身旁的金牛，順手抹了抹臉，不知是抹虛汗還是抹眼淚。哥哥走了，妹子還倚著柳樹哭，金牛拿她沒法，勸說吧，自己不知該說些啥，金牛長這麼大也沒勸慰過人，何況是一個正在哭的女人；拉她回去吧，又覺得不合適。看她樣子實在傷心，便說：

「那你回去拿上你的東西攆他去，你們一起走吧。」

聽了這話，她依舊站在那兒不動，只是哭，金牛正在左右爲難之際，二媽來了，連說帶勸，連拉帶扯，把這姑娘帶回了金牛家。

一年以後，金牛添了個胖兒子，金牛家兩輩獨根獨苗，這娃就起名根柱。那女的也沒人再叫妹子了，都喚她根柱媽。

根柱三歲了，金牛媳婦還沒回過一次娘家。她從沒向金牛提惦過這事，怕金牛起疑心，娃他舅（就是那個男的）倒是來過四、五次。每次來金牛給他把自己糶了糧食的錢裝上四五十元，再讓他背上百十斤麥回去。娃他舅走，金牛媳婦總戀戀不捨。唉！出嫁的姑娘，哪個見了娘家人不落淚呢？何況娘家又那麼遠，娃他舅總勸她好好跟人家過，等過一兩年情況好了再回去看看，家裡人都好著哩，要她安心。金牛是個心地善良，爲人忠厚的人，按說該主動陪著她回娘家。可是娶媳婦、生娃娃，加上根柱舅一年來兩趟，把個家底折騰得也沒啥了。一來二去兩個人光車票就得花四五十元，總不能空手見岳丈，買點這拿點那，又是一筆開銷。眼下沒拉帳也全靠一家人節儉過日子，哪裡再去籌這筆錢呢？

金牛躺在熱炕上，咋睡也睡不著，瞅著油燈下給根柱做鞋的媳婦，叫了聲：「娃他媽！」

「嗯，你睡吧，我趕天明把兩雙鞋絢好，底子都是納好了的。」

「你眞的明天走？」

「嗯。」

「別去了，明年麥收了，咱把根柱帶上一起去。」

媳婦停下手裡的活，說：「你不是白天同意了嗎？」

「唉，」金牛又不會說了，停了會他坐起來穿上衣裳下地。她問：「你要幹啥？」

「你要回就回吧，我朝二媽再借點錢你拿上，咱家還有些自留地打的好麥，我給你裝好，也帶上。」

她不讓他去借錢，說這些年金牛給她家的不少了，這次她能回去看看就好，咋能讓他再破費。金牛見她這般，又問：

「雞蛋在哪擱著？」

「就在那兒。」她指了指東牆角問：「你餓了？」

「嗯。」

「我給你打兩個荷包蛋。」

「不用了，你忙你的，反正我也沒事。」

金牛取了雞蛋，就到灶火前點火，她忙著做活，也就不管了。房裡靜靜的，只有燃著的麥稭嘩嘩剝地響。他一會兒瞅瞅炕上的媳婦，一會兒看看鍋裡煮的雞蛋。媳婦手裡飛針走線，也許是太用心了，眉頭挽成個疙瘩。她做好一隻鞋，把睡熟的根柱的腳拉過來比了比，放下，不知怎的，眼圈一紅，趕忙用手背抹了抹眼睛。金牛和她向來話少，今天就算說話最多了。金牛心裡著實疼她，鍋裡煮的雞蛋，並不是自己餓才煮，而是要給她帶在路上吃。自她到金牛家後，他實在挑不出她的毛病，只是她話少，笑得更少。金牛先是當她不習慣，念家，後來日子長了，覺得這是跟他一樣的秉性，也就不在意了。現在看她難過，只當是自己的話惹惱了她，便笨拙地勸道：

「別趕著做了吧，沒做完，回來再做，明早還要上路哩。」

她長長地嘆了口氣，對金牛說：「我走了，你可要把娃照看好，護著他，不要讓人家的孩子欺侮。」

金牛答道：「嗯。」

「娃小，闖了禍，你不要打他。」

「看你說到那搭去了，我咋捨得？」

屋裡又是一陣沉默，金牛煮好了雞蛋，看她還在燈下一針一線地做活，便拿走了她手中的活計說：

「睡吧，看把你熬壞了。」

說完，脫鞋上炕，吹熄了燈，把她拉在自己身旁睡下。

第二天清早，金牛背著根柱去送行，媳婦只隨身拎著她來時的那方頭巾打成的包袱，裝著自己的幾件舊衣服和公公送的菸葉，肩上掛著金牛的一個用毛巾做成的布袋，裝著金牛昨晚煮的雞蛋和幾塊餅子。一路上根柱一會兒爬在爸爸背上，一會兒偎在媽媽懷裡，這呀那呀地問個不停，金牛媳婦耐心地一樣一樣講給他聽。村子離車站十多里路，他們走了快三個小時。金牛去車站買票。

「嗚——嗚——」一聲長鳴，客車進站了。根柱趕忙把頭埋進媽懷裡，她摟著他往後退了兩步，根柱說：

「媽，你快上，車要開了。」

她焦急地看看候車室方向，又看看即將啓動的列車說：

「你爸不來，媽就不走了。」

金牛氣喘吁吁地跑過來，把票往她手裡一塞，二話不說，把她推到車上。車已經開了，她抓住扶手，轉回頭說：

「根柱，你要聽你爸的話。」

站在地上的金牛忙對孩子說：「快說，讓媽早點回來。」

車速加快了，根柱稚氣的聲音在喊：「媽，早點回來！」聽著這聲音，她的眼眶湧出了兩大滴淚水。她貼著玻璃向後看，根柱在金牛懷裡使勁地揮著雙手。

二

金牛媳婦提著包袱走了幾節車廂，都沒個坐處。她揀個不常開的車門，放下包袱坐下歇口氣，行不了幾站，便到了西安，車上的人差不多下空了，她找了個靠窗的位子坐下。不一會兒，上來的人又塡滿了剛騰出的空位，火車又開動了。她把臉貼著玻璃窗，怕遇見認得她的人。

路基兩旁的槐樹落盡了葉子，乾枯的樹身一棵棵、一棵棵落在車身後邊，往前望去，依舊是這種乾枯的樹身。車行得太快了，她的目光不能在那棵樹上停留下來。但是有一個問題就像眼前的樹一樣，一次又一次地反覆出現：「我走了，能對得起他嗎？」答案顯然找不出來，她只好把目光從樹身上移開，去看那一望無際的關中平原上的麥田。

秋天下種的麥子，已經長成了兩三寸長的綠苗，看著這臨要越冬的青苗，她一下就想到了根柱：「唉，我眞造孽，根柱也是嫩苗苗啊，沒有了媽，咋過下去？」她彷彿已經聽到了根柱哭著找媽的聲音：「媽呀……媽呀……」不對，這不是根柱的聲音，這是另一個跟根柱一般大的孩子的哭聲：「媽呀……媽呀……」這分明是四年前的鎖娃啊！黑瘦的手使勁在臉上抹著眼淚，她抱著他，在春日的陽光下曬著，只覺得渾身綿軟，一絲氣力也沒有。「媽呀……餓呀……」孩子的哭聲直揪她的心，她能給他什麼吃呢？什麼也沒有。她解開自己的衣服，把乾癟的乳頭塞到他嘴裡。哭著，哭著，鎖娃睡著了。丈夫回來了，背兜裡背著一點榆樹皮，上邊壓著一小捆柴草。他解下背兜，看著睡著了的鎖娃問：「媽吃了？」

「沒有，」她動了動嘴唇，用自己都聽不清的衰弱的聲音答道。

聽到她的回答，他走進屋拿了個粗瓦盆出來說：「我去看看，今天給不給湯。」

「別去了，幾十天不見糧食，除了隊長、保管員、炊事員，誰能喝上一口湯。」

自從大煉鋼鐵以來，私人家裡的鍋砸光了，全村幾百口人都在食堂裡吃飯。去冬以來，只有喝清湯了，近來，清湯也沒有了。

「那咋辦？就這麼一點榆樹皮，娃吃啥？」

陽光下，他們呆呆地看著自己的影子。半晌，她費了很大的勁才說：

「我到陝西去，興許一家人能活。」

「啥？」他怕自己沒聽清，大聲問。「我到陝西去。」這次她不猶豫了，口氣堅決地說。他無力地蹲了下去，直直地盯著手中的瓦盆。她用指頭醮著唾沫，輕輕地揩著鎖娃臉上的淚痕，接著說：

「莊上的人都到陝西去了，你看去了的，都有辦法弄來糧食，我們總不能眼睜著等餓死，鎖娃才兩歲多……」她說不下去了。

他的眼光離開了瓦盆，移到睡在她懷裡的孩子身上，鎖娃在夢中還在抽泣，他似乎下了決心地說，「去就去，我送你。」

聽了這話，她反而慌了：「去了，得另尋主，你……你能行？」

好一陣，她見他不出聲，哽咽著說：「能救活全家大小，我就是死了也甘心。我走了，你就只當沒了我，等以後日子好了，再說一個，把鎖娃疼著點就行。」

他聽她說這些，並不接話，嘆了口氣說：「說走就走，呆著還是餓死，能逃出條命就好。明天走，我送你到陝西，給外人就說我是你哥。」

火車一進入甘肅地帶，山洞一個接著一個，車窗外一會兒是明麗的天空，褐色的土山，混濁的渭水。她看見這熟悉的土地，感到心裡有說不出的滋味。她熟睡了。一個接連一個的夢。一會兒是在渭水下游的她的那個家，金牛在奪她手中的包袱，向她大吼著：

「你爲什麼騙我？你想扔下我們父子倆跑？」

她哭著，全力爭奪，她的花格頭巾包袱。一會兒是在渭水上游自己以前的家，她伸手要抱鎖娃，他不讓抱，她硬要抱，他掙脫她，恐懼地向前跑，她大聲喊：

「鎖娃，我是你媽呀……」

她猛驚醒了，抬起頭，向窗外一望，闊別了四年多的家鄉就在眼前，遠處深褐色的大山，渭河像無人管轄的野孩子，放任自流，河床把川地劃成了南北兩邊。自己家就在河南岸，那座高高的木頭築成的磨坊，就是自己村莊的標誌。漸漸的，眼前模糊了……

三

過了臘月二十三，家家戶戶都忙著殺豬，蒸饃，煎油餅，金牛左等右等，只是不見媳婦回來，掐指一算，已經快兩個月了。

根柱吵鬧得不行，金牛只好跟爹兩人像過去那樣胡亂蒸了些饃，煮了些肉，除夕那天，二媽過來替他爺仨包了些餃子。大年初一，第一碗餃子讓爹吃了，根柱趴在炕上不起來，金牛給端在眼前，娃一口氣把一碗餃子吃光了。金牛自己卻連一個也吃不下去。他想：

「說好了回來過年，人咋到今兒個也不見面，連封信也沒有，怕是出啥事了吧！病了？不對，病了家裡人也會捎封信來。車在路上出了事？常聽人說，火車還有脫軌的，脫了軌要翻車，翻了車可不得了。」

他被自己這個想法嚇得臉色發白，「也不對，最近沒聽說過哪裡翻了車，村上常有往西安跑的人，回來咋沒說起。」他又擔心，「要麼遭了啥意外，聽她哥說，他們那一帶這些年不太平，也有攔路搶劫的，她一個婦女人家又不常出門，是不是碰著了壞人？」

想到這兒，他非常後悔自己沒有送她回去。「唉！都是看重了幾個錢，沒有錢人可以想法兒，沒了人可咋辦？」愈是這麼想，他愈是不安。初三去母親墳上燒紙後，他對爹說，要去尋媳婦回來，讓爹把根柱照看好。爹問他啥時走，他說趕今晚的夜車，爹說去看看也好。去接根柱媽回來，要快去快回。

鎖娃媽正在廚房裡收拾吃的。親朋們得知鎖娃一家團圓，約好了今天要來喝酒賀一賀。這會兒，她正挽著袖子在案板上利索地切著胡蘿蔔絲和煮好的肉。丈夫進來了，在她身後拍了一下低聲說：

「來了！」

她頭也不抬地說：「來了，來了就來了，看你的神氣，我這就切好了，你著急啥？」丈夫見她不理會，又說：「他來了。」

她從他語氣裡感到意外：「誰？」

「他——根柱爸。」

「啊！」她右手拿著的菜刀順勢一滑，左手食指的一塊肉被削了下來。丈夫見了，急忙用自己的手指壓住，湧出來的血被擠壓了回去。她顧不得這些，急切地問：

「那，那……那咋辦？」

「先把手包上。」

鎖娃媽找出一條布條紮著手問：「你見著他了？」

「嗯，他一來就到了那屋。」他用嘴呶了呶北屋。「我對他說你忙著，我去找，就出來了。」

「咱們怎麼辦？」

「把他先款待著再說。」

她跟他出了廚房，進了北屋。

金牛見媳婦來了兩月，穿戴還跟在家時一樣，可身體明顯地胖了，兩月沒見，她愈發顯得年輕了，過去缺少血色的臉變得紅潤起來，看上去更有丰采，那眉目、眼神、突起的胸脯，被圍裙緊勒的腰身，周身上下分明透出過去從沒有過的神色。只是見了他，不知怎的臉上依然缺少表情。

她從進屋來就不曾正眼看一下金牛，低著頭，用右手撩起圍裙不住地搓擦左手的手背，「沒想到你這會兒來了……」她說。

「等你回去過年，等不來，怕你出事哩，我就尋來了。」金牛用親熱的口氣說完，不住地上下打量她。

她看他注意地看她，不覺把頭垂得更低了：「我，我原準備前些日子回呢，後來又拖到了過年，想過完年再……回。」

她爲騙了他而感到負疚，話音說到後邊，連自己都聽不清了。金牛只當是她因爲沒有按時回去怕他責怪她，忙接口說：「在哪兒過年都一樣，你有好幾年也沒回娘家了，回來過個團圓年也好，只是沒捎封信來說一下，我不放心，尋來了。」

鎖娃媽不知說些啥才好，丈夫在一旁趕緊說：「你來了就好，平時請還請不到呢。」回頭又對她說：「快去把火盆生著，讓他姑夫先喝茶。」

鎖娃媽聽說趕緊退了出去。

一會兒，親戚們三三兩兩的來了。鎖娃爹端菜提酒，招呼大家吃喝。第一杯酒先敬遠客，金牛推卻不過，接過來一口氣咽下這杯酒，親戚們也這個一杯，那個一杯給他敬酒，他強打起精神，一一喝下肚裡。他看到自己的媳婦好端端的，心裡暢快，這才感到肚裡空空的，食慾很旺。又加上大家熱情招待，他不住地吃著喝著，有七、八分醉了。

鎖娃爹對金牛說：「你昨天乘夜車，今兒個又鬧噪了一天，乏了，就在這兒睡吧。」

金牛想問問媳婦啥時跟他回去，想到她肯定還在廚房忙著洗涮，等一會來了再問。頭一挨枕頭，眼皮再也睜不開了，就打起呼嚕來了。一覺醒來，覺得口渴，點上燈，一陣噁心，胃裡的東西直往出翻湧，他強忍著，還是「哇」的一聲吐了一地一炕。

他忙掀起蓆子，抽出一本書要擦，裡邊卻抖落出一張照片來，上邊是根柱媽和娃他舅並排兒坐著，照片右上角題著「結婚紀念」四字。他仔細辨認一陣，沒錯，他倆比現在年輕多了。驀地一種被欺騙、被拋棄的怒火借著酒勁在胸中燃燒起來：

「我要問個明白！」

他兩下穿好衣服，釦子也沒扣，拉開門就要往外走。一股冷風吹了進來，他打了個冷顫退了回來，酒完全醒了。夜，黑沉沉地，北風颳著乾枯的樹枝，發出嗚嗚的呼嘯，下雪了。他把門又關上，回到炕沿邊坐下，腳下的炭火冒著藍色的火苗，他陷入苦澀的回憶中。

他費力地思索著，腦子裡打著混仗。腳下的炭火早已化成了灰燼，傳來一聲高亢的雞啼。他站起來跺跺凍麻木了的腳，扣好衣服。

來到西房門前，使勁敲著門。

「誰？啥事？」屋裡傳來女人的聲音，接著門開了，金牛推開她，怒衝衝地站在地下。鎖娃爹在女人開門之際已經點著了燈，見金牛鐵青著臉進來，知道是爲啥事來了，一骨碌從炕上下來，拉著他胳膊一連聲地叫「他姑夫」，金牛憤憤地甩開手，粗聲粗氣地吼道：

「虧人，還叫得出口！」

鎖娃媽夫妻倆左右拉著他胳膊，硬把他按到炕沿上坐下，齊聲說：「你先別生氣。」說著兩人抖抖索索站在地下，說不出話來。丈夫究竟是男人，他勉強鎭定下來，改口叫了聲「大哥」，說：「大哥啊！那時候一家人沒法可想，爲了活命，就做出了這事！」他無聲地抽泣，鎖娃媽嗚嗚咽咽地哭道：「我該死，我死了，就好了！」她大聲號啕道：「天呀！爲啥不給我降身暴病死了哩！天呀，你睜睜眼吧！……」

她的哭聲驚醒了炕上睡的鎖娃，爬起來喊：「媽呀！」他也跟著爹媽哭起來。

金牛忙把鎖娃抱回到破被裡，手一摸一片冰涼的土炕，他心軟了，想了一夜的話，這時倒一句也說不出來，只得重重地「咳」了一聲，一屁股又落在炕沿上。

鎖娃媽只是抽抽答答地哭，丈夫見金牛這般舉動，睜著痛苦的眼光，苦苦地哀求道：「原諒了我們吧，大哥，我們不是惡人，不是詐騙犯，不爲活命，誰忍心把自己的老婆當妹子換糧食呀，那實在沒路了啊！」

金牛並沒料到他竟會遇到這樣的人，如果是遇到蠻不講理的人，他可以用最髒的字眼辱罵，用拳頭打。可是，這一對夫妻像綿羊站在他腳下，用眞誠的眼淚，摧人心碎的話語向他求饒。他失去了勇氣，心裡沒有主意了，突然他發出令人吃驚的大笑：

「哈哈哈，我這是做什麼呀？哈哈！」兩行眼淚順著眼角流了下來。

夫妻倆聽到這話，齊聲說：「你原諒我們吧，你的恩德我們這輩子報答不完，讓娃再接著報答！」

金牛從炕沿上站起來，長嘆息一聲說：「我該走了。」

「上哪兒去？」鎖娃媽問。

「我還在這兒做啥，回去。」

金牛垂著頭用出奇平靜的聲音答道。夫妻倆再三苦留，要他多住幾天再走。金牛只是不加理會。末了，鎖娃爹見拗不過他，叫妻子去拿些東西讓金牛帶上路上吃，自己又把棉衣脫下要金牛穿上。金牛不肯穿，鎖娃媽拿出金牛給她裝過雞蛋的毛巾布袋，裝了滿滿一袋白饃，金牛拿過來掛在肩上，頭也不回地走了。

金牛慢騰騰地走到了車站。一路上只感到腦袋木木的，什麼也不能想。到底發生了什麼事，自己怎麼會感到一陣一陣的頭暈、噁心。車站上冷冷清清，站臺上沒有人，候車室也沒有人，雪蓋住了鐵軌，蓋住了曠野，白茫茫的世界裡只有他一個冷冰冰的人。他感到了一生從沒有過的冷凍，他躲進了候車室，在長椅的角落裡蜷縮著身子，上牙跟下牙不停地相碰，脊背上像澆了一桶涼水，心也在胸腔裡冷縮了。

「有往東去的旅客嗎？」票房的小木窗裡傳來了售票員的聲音。不等他站起來，木窗「啪」地一聲又關上了。轟隆隆的車輪聲由遠而近，又由近而遠。「轟隆隆」，「轟隆隆」他的腦子一直在響……

金牛一陣冷，一陣熱，一陣清醒，一陣昏迷。向東去的火車開過來有三四趟，他都沒有上去。他不想就這麼回去，究竟想幹啥，自己也說不清。

黑夜來臨了，雪夜並不黑暗，周圍的東西在雪的映照下依稀可辨。他漫無目的地在雪原上遊蕩，不知怎麼又走到了鎖娃家門口。他想抬手敲門，想進去再和他們把事情講明，他不能沒有她，根柱也不能沒有媽媽。但是抬起的手並沒有去碰那裂縫很寬的木門，而是無力地垂了下來：

「我不能沒有她，他能沒有她？根柱不能沒有媽媽，鎖娃就能沒有媽媽？」

他懊喪地離開了門口。大雪不停地下著，寒風不停地吹著，金牛拖著沉重的腳步，漫無目的地在茫茫風雪中行走……

❶縫製布鞋。

❷鐵鍬。

❸消耗量大。

❹饅頭。

❺自一九五九至一九六一年，因大躍進引起三年大饑荒。

故事的背後

牛正寰（一九五〇～），當代中國大陸女作家。甘肅人，現任教武漢大學中文系。〈風雪茫茫〉一九八〇年發表於「甘肅文學」，曾引起廣泛討論。著有散文集《一花一世界》等。

〈風雪茫茫〉是以中共「大躍進」後的三年饑荒為背景的一個賣妻的故事，表現出東方農民性格的誠樸、厚重，在這個充滿鬥爭、殺伐風氣社會，能讓人看到這樣的事件，不僅讓人感動，更使人見到農民精神的光輝。古人說「溫柔敦厚，詩之教也。」小說也是如此。

國家圖書館出版品預行編目資料

溫馨，在回望之後 / 尉天驄等編選. -- 初版. --
臺北市；圓神, 2005[民94]
面； 公分. -- (圓神文叢 ; 17)

ISBN 986-133-054-2(平裝)

813.7 94000615

The Eurasian Publishing Group
圓神出版事業機構
用心與你對話・視野無限寬廣
圓神出版社
Eurasian Press

http://www.booklife.com.tw inquiries@mail.eurasian.com.tw

圓神文叢 017

溫馨，在回望之後

編　選／尉天驄・章成崧・尤石川・劉柏宏
發 行 人／簡志忠
出 版 者／圓神出版社有限公司
地　址／台北市南京東路四段 50 號 6 樓之1
電　話／（02）2579-6600・2579-8800・2570-3939
傳　真／（02）2579-0338・2577-3220・2570-3636
郵撥帳號／18598712 圓神出版社有限公司
企　劃／張之傑
副總編輯／陳秋月
主　編／林慈敏
責任編輯／曹珊綾
美術編輯／金益健
校　對／周文玲・曹珊綾
印務統籌／林永潔
監　印／高榮祥
排　版／莊寶鈴
總 經 銷／叩應有限公司
法律顧問／圓神出版事業機構法律顧問 蕭雄淋律師
印　刷／祥峯印刷廠
2005 年 3 月 初版

定價230 元 ISBN 986-133-054-2

請貼郵票

圓神出版事業機構 收

105 台北市南京東路四段50號6樓之一
Tel : 02-25796600　Fax : 02-25790338

對折黏貼後，即可直接郵寄

圓神20歲 禮多人不怪

您買書，我送愛之旅，一年100名！

圓神20歲，我們懷著歡喜與感激。即日起，您每個月都有機會免費搭乘世界級的「皇家加勒比海國際遊輪」浪漫海上愛之旅！

我們提供「一人得獎兩人同遊」．「每月四名八人同遊」」．「一年送100名」的遊輪之旅，希望您和所愛的人一起分享親情、友情、愛情，共度驚嘆、美好的時光……圓夢大禮，即將出航！

圓夢路線：

❶購買圓神出版事業機構（包括圓神、方智、先覺、究竟、如何）任何一家出版社於2005年3月～2006年2月期間出版的任一新書。

❷填妥您的基本資料，貼上郵資，投遞郵筒。您可以月月重複參加抽獎，中獎機會大！

❸活動期間每月25日，將由主辦單位公開抽出四名超幸運讀者！這四名幸運讀者可帶一位親友免費同行；一人中獎，兩人同遊！

❹活動期間每月5日，將於圓神書活網公布四名幸運中獎名單。

注意事項

❶中獎人不能折現。

❷中獎人出遊時間選擇（2005年、2006年各一次），其正確出發日期與行程安排，請依皇家加勒比海國際遊輪公司之公告。

❸免費部分指「海皇號四夜遊輪住宿行程」。

❹「海皇號四夜遊輪」之起點終點都在美國洛杉磯，台北－洛杉磯往返機票、遊輪小費、碼頭稅等相關費用，請自行付費。

主辦：圓神出版事業機構　　贊助：皇家加勒比海國際遊輪 www.royalcaribbean.com

活動期間：2005年3月起～2006年2月底

參加 圓神20全年禮 抽獎／讀者回函

姓名：　　　　　　　　電話：

通訊地址：

常用 email ：

一定可以聯絡到的電話：

這次買的書是：

服務專線：0800-212-629 、0800-212-630 轉讀者服務部